ÉTONNANTS • CLASSIQUES

DUMAS

Une amazone

suivi de

Marie

Présentation, notes, dossier et cahier photos
par FLORENCE RENNER,
professeur de lettres

Flammarion

Du même auteur
dans la collection « Étonnants Classiques »

Le Comte de Monte-Cristo
Pauline
Robin des Bois

ISBN : 978-2-0813-9574-9
ISSN : 1269-8822

SOMMAIRE

PRÉSENTATION

Alexandre Dumas, « le cinquième mousquetaire[1] »

Premières armes

Alexandre Dumas (1802-1870) voit le jour à Villers-Cotterêts (dans l'Aisne) le 25 juillet 1802. Son père décède alors qu'Alexandre n'a que quatre ans. Sa mère se voit contrainte de prendre un emploi pour subvenir aux besoins des siens ; elle tient un débit de tabac et confie à des précepteurs, parmi lesquels l'abbé Grégoire, un ami de la famille, l'éducation de ses enfants Alexandre et Aimée Alexandrine. Mais le jeune Alexandre montre plus d'intérêt pour le maniement des armes et pour la chasse que pour le latin et la musique. C'est ce goût qui l'amène à quinze ans à prendre une charge de troisième clerc[2] chez un notaire. Au lieu d'effectuer sérieusement son

---

1. C'est le titre qu'Henri Troyat donne à la biographie qu'il consacre à Alexandre Dumas (Grasset, 2005), en référence à l'un des romans les plus célèbres de l'écrivain (*Les Trois Mousquetaires*) racontant les aventures des mousquetaires du roi Louis XIII, Athos, Porthos et Aramis en compagnie du Gascon d'Artagnan. Henri Troyat compare ainsi à celle de ses héros la vie de l'écrivain, aussi riche, mouvementée et variée que la leur.

2. *Troisième clerc* : employé stagiaire se préparant aux fonctions de notaire, d'avoué ou d'huissier.

droit, il profite des courses qu'on l'envoie faire à travers la campagne picarde pour chasser le petit gibier.

En 1823, il s'installe à Paris : après avoir découvert les grands écrivains romantiques allemands, tels Goethe (1749-1832) et Schiller (1759-1805), il se lance à son tour dans l'écriture. Il publie dès 1826 des *Nouvelles contemporaines*. Ce recueil réunit trois récits brefs : outre « Marie », que nous reproduisons, il contient « Laurette ou le rendez-vous » et « Blanche de Beaulieu ou la Vendéenne ». Ces textes de jeunesse proposent une intrigue relativement similaire : une jeune fille pure est séduite par un homme dont la condition s'oppose à la sienne, ce qui rend leur amour impossible et funeste [1].

Fréquentant les salons littéraires à la mode, Dumas y côtoie ceux qui deviendront ses protecteurs et y révèle ses talents, en particulier dans le genre théâtral. C'est en effet celui-ci qui le premier apporte la reconnaissance à ce grand admirateur de Shakespeare (1564-1616) : sa pièce *Henri III et sa cour* est jouée le 11 février 1829 à la Comédie-Française et, en quelques heures, Dumas passe de l'anonymat à la célébrité. Ce succès lui permet de rencontrer le chef de file du romantisme (voir *infra*) et théoricien du drame romantique [2], Victor Hugo (1802-1885), qui deviendra son ami.

Mais dans l'œuvre de Dumas, plus que ses pièces de théâtre, ce sont ses romans, et en particulier ses romans d'aventures,

---

1. *Funeste* : qui apporte le malheur.

2. *Drame romantique* : genre théâtral développé au XIXe siècle, dont les règles sont en rupture avec celles du théâtre classique. Les dramaturges romantiques ne respectent plus les trois unités, ni les règles de bienséance et de vraisemblance. Au contraire, ils favorisent le mélange des genres et des registres. Si Victor Hugo est le théoricien et chef de file du mouvement, on peut considérer que Dumas en est le précurseur, avec sa pièce *Henri III et sa cour*.

que la postérité retient. Ces récits fleuves s'appuient sur des événements historiques et constituent des cycles ; ils paraissent sous forme de feuilletons dans les journaux de l'époque qui, à intervalles réguliers, en dévoilent les épisodes successifs, entretenant ainsi l'intérêt et la curiosité du lecteur. Parmi eux, *Les Trois Mousquetaires* et *Le Comte de Monte-Cristo*, qui voient le jour en 1844, sont couronnés de succès et apportent à leur auteur une fortune... passagère.

Si « Marie » appartient aux récits de jeunesse de Dumas, « Une amazone [1] », l'autre texte que nous reproduisons, paraît en 1845, la même année que *La Reine Margot*, dans le journal *Le Siècle* ; il est publié trois ans plus tard en volume sous le titre « Herminie », accompagné d'une autre nouvelle, « Marianna ». Donnant à voir une femme passionnée et mystérieuse, Dumas s'éloigne du modèle de jeune fille pure, douce et fragile, construit par ses *Nouvelles contemporaines*. Au contraire, Herminie symbolise l'audace sensuelle d'une femme libre et élevée « à la garçonne ».

Très prolixe, Dumas a publié plus de deux cents œuvres de son vivant ; on sait aujourd'hui que l'auteur sollicitait le concours d'autres écrivains, parmi lesquels Auguste Maquet, pour pouvoir proposer une production aussi riche.

Une vie rocambolesque

La vie de Dumas est placée sous le signe de l'agitation. En effet, elles est marquée non seulement par les bouleversements politiques de son siècle, auxquels l'écrivain, comme son ami Victor Hugo, prend une part très active, mais aussi par des revers

1. *Amazone* : dans la mythologie grecque, femme qui montait à cheval et montrait un grand courage. Dans le langage courant, femme d'un courage viril et guerrier.

de fortune nombreux et des faillites successives – qui l'obligent notamment à vendre son château de Monte-Cristo (dans les Yvelines), qu'il avait fait construire après le succès du *Comte de Monte-Cristo* et des *Trois Mousquetaires* –, ainsi que par des séjours fréquents partout dans le monde (dont il tire des récits de voyages). Dumas suscite en outre le scandale en raison de ses aventures amoureuses multiples.

Favorisant les rebondissements qui tiennent le lecteur en haleine, ses œuvres reflètent son esprit aventurier, l'action principale se nourrissant souvent de complots, de meurtres ou de duels, d'intrigues amoureuses et de mystères en tout genre...

Deux nouvelles au rythme haletant

Contours du genre

Les deux textes réunis dans le présent volume appartiennent au genre de la nouvelle, lequel connaît son âge d'or au XIXe siècle. Il s'agit d'un genre pourtant ancien : il est né d'une imitation des *novellas* italiennes, dont le *Décameron*, recueil de cent nouvelles – des récits de galanterie amoureuse – écrit en italien par Boccace entre 1349 et 1353 et traduit en français en 1414, constitue un illustre exemple. Néanmoins, l'essor de la presse au XIXe siècle (les journaux deviennent plus accessibles : leur prix baisse grâce aux encarts publicitaires) participe de l'épanouissement de cette forme (également appelée, indistinctement, « conte ») en lui donnant une belle visibilité. En effet, les journaux qui publiaient jusque-là dans leurs pages, en feuilleton, des chapitres de romans à paraître, privilégient dès 1850 le récit court. Dans un article consacré à son contemporain Maupassant, le critique Jules Lemaitre explique en ces termes ce phénomène : « Dans ces dernières années, le conte, assez longtemps négligé, a eu comme une renaissance. Nous sommes de plus en plus pressés ; notre esprit veut des plaisirs rapides ou de l'émotion en brèves secousses : il nous faut du roman condensé, s'il se peut, ou abrégé, si l'on n'a rien de mieux à offrir. Les journaux, l'ayant senti, se sont avisés de donner des contes en guise de premiers-Paris [1], et le public a jugé que, contes pour contes, ceux-là étaient plus divertissants. Il s'est donc levé toute une pléiade de conteurs : Alphonse Daudet [...], Coppée, Théodore de Banville, Armand Silvestre, Catulle Mendès, Guy de Maupassant, chacun ayant sa manière, et quelques-uns une fort jolie manière [2]. »

Mais la nouvelle est un genre difficile à circonscrire, empruntant bien des formes. Au XIXe siècle, le *Dictionnaire Littré* en donne la définition suivante : « Une sorte de roman très court, [un] récit d'aventures intéressantes ou amusantes. » Aussi imprécise soit-elle, cette définition expose les deux grands principes de la nouvelle : sa brièveté et son efficacité narrative, la concision du texte allant de pair avec l'emprise qu'il exerce sur le lecteur.

De ces deux caractéristiques découlent une intrigue ramassée (excluant la multiplication des motifs annexes) et un nombre réduit de personnages, dont l'analyse psychologique n'est pas développée. Ces personnages, décrits à gros traits,

---

1. *Premiers-Paris* : lectures divertissantes dans un journal.
2. Jules Lemaitre, *Les Contemporains*, 1re série, 1885, p. 285-310.

généralement en action, sont présentés à des moments précis de leur existence, souvent des périodes intenses ou de crise. Dernier point caractéristique, tout le récit est tourné vers la fin, qui frappe le lecteur par sa chute, comique ou tragique ; à cet égard, relire la nouvelle permet de relever les indices qui annoncent ce dénouement. Notons que si au XIXe siècle la distinction entre nouvelle et conte n'est pas claire, aujourd'hui on attribue généralement le terme « conte » à des récits imprégnés de fantastique ou de merveilleux, tandis qu'on réserve celui de « nouvelle » pour ceux qui puisent leur source dans le réel.

L'efficacité narrative des deux nouvelles

Recourant aux ingrédients constitutifs du genre, les nouvelles « Marie » et « Une amazone » permettent à leur auteur de déployer tout son talent de conteur. Chacune d'elles convoque un nombre réduit de personnages. En effet, elles s'articulent autour d'un personnage principal, en l'occurrence féminin (Marie et Herminie), auquel répond un pendant masculin (respectivement Alfred et Édouard). Ce dernier se trouve lui-même prolongé par un autre, double déformé ou inversé, qui, tel un miroir révélateur, rend évidents ses défauts (dans « Une amazone », la proximité d'Édouard avec Edmond, plus lâche et plus ridicule encore, met en lumière ses travers ; dans « Marie », l'honnêteté et le courage du scripteur de la lettre condamne le caractère profiteur et couard d'Alfred – le premier sauve Marie de la mort, d'abord sociale puis biologique, à laquelle la contraignait le second).

En outre, leurs traits sont brossés en quelques touches efficaces. Quelques mots suffisent au narrateur pour esquisser le portrait physique et moral d'Herminie, une « jeune fille si belle »

– « des yeux bleus, des cheveux noirs, un teint pâle et des dents blanches comme les peintres et les poètes en rêvent ; et dans l'expression du visage, dans le galbe du corps, je ne sais quoi de hardi et de vigoureux qui dénotait une nature ardente[1] et excentrique » (p. 50). Le lecteur n'en saura pas davantage mais l'essentiel est dit. Pareillement, au sujet de Marie, l'auteur s'emploie à souligner le « visage angélique » et ne retient que le principal, c'est-à-dire ce qui fait sens par rapport à l'histoire qu'il propose : « C'était une jeune fille de seize à dix-huit ans, qui avait dû être parfaitement belle, mais dont le malheur avait déjà flétri[2] les traits » (p. 109).

Par ailleurs, l'intrigue de chaque nouvelle est resserrée autour de l'histoire d'amour entre l'héroïne et son pendant masculin, suivant un rythme soutenu ayant pour effet de maintenir le lecteur en haleine : dans « Une amazone », à l'exception du chapitre 2 qui s'attarde sur la partie de cartes chez Marie, chaque épisode fait progresser l'action vers sa résolution et croître le suspens. L'alternance des dialogues et des passages narratifs contribue à cette vivacité.

Enfin, Dumas use de techniques narratives qui lui permettent d'exercer son emprise sur le lecteur et participent de l'efficacité du récit. Dans la nouvelle « Marie », le choix du récit enchâssé (récit au sein du récit, fait par le narrateur personnage à l'un de ses amis) maintient le lecteur en alerte ; il lui semble que la lettre lui est directement adressée et il suit avec la même impatience que Gustave, le destinataire premier du courrier, les péripéties de la jeune Marie et les duels qui s'enchaînent. Dans « Une amazone », c'est l'ironie mordante et l'humour du narrateur-auteur, en particulier dans les jugements qu'il porte sur son

1. *Ardente* : passionnée.
2. *Flétri* : abîmé, vieilli.

personnage masculin, qui lui assurent l'attention du lecteur devenu son confident et son complice. Que l'on pense à la chute de cette réflexion : « Si bizarres et si excentriques que soient les habitudes d'un locataire, il ne peut pas faire croire qu'elles aillent jusqu'à jeter, passé minuit, des planches de dix pieds de long et de trois pouces[1] d'épaisseur dans les carreaux des maisons. Il n'eût guère trouvé de soutiens que chez les vitriers » (p. 85).

Entre romantisme et réalisme

Que « Marie » et « Une amazone » déploient tous les traits caractéristiques d'un genre – la nouvelle – dont l'épanouissement est total au XIXe siècle ne fait aucun doute. Mais elles sont aussi marquées par le sceau de deux mouvements littéraires et artistiques qui s'ancrent dans le même siècle et conjuguent ici leurs influences : le romantisme et le réalisme.

Passion et désillusion romantiques

Qu'appelle-t-on romantisme ? Le romantisme est un mouvement culturel venu d'Allemagne, qui prend son essor en France vers 1815. À cette époque, le rêve napoléonien s'est effondré, et

1. *Pieds, pouces* : anciennes mesures de longueur que l'on retrouve aujourd'hui dans le système anglo-saxon (un pouce équivalait à environ 2,7 cm et un pied à 32,5 cm).

le pouvoir monarchique restauré par Louis XVIII ne répond pas aux aspirations politiques et à la soif d'idéal de la jeunesse[1]. En 1813, Mme de Staël (1766-1817) publie *De l'Allemagne*, ouvrant la voie au nouveau mouvement : contre le classicisme du XVIIe siècle et sa rigidité formelle, contre la toute-puissance de la raison prônée par les philosophes des Lumières au XVIIIe siècle, l'auteur envisage une littérature fondée sur l'imagination, l'expression des sentiments personnels et les confidences de l'âme. Inspiré par le roman de Goethe, *Les Souffrances du jeune Werther* (1774), annoncé en France par *Les Rêveries du promeneur solitaire* de Rousseau (1782) et par *René* de Chateaubriand (1802), le romantisme apparaît comme un cri de révolte, une attitude de refus face à un monde suscitant ennui et désillusion.

Alexandre Dumas est l'un des principaux représentants de ce mouvement en France, tant par son théâtre que par son œuvre romanesque. Qu'on songe à *Pauline*, publié en 1838 – ce roman offre un véritable florilège de motifs romantiques : amour contrarié voué à la mort, prédominance de la nuit et de la nature, atmosphère gothique parfois proche du fantastique... De même, dans son drame *Antony*, joué en 1831 au théâtre de la Porte-Saint-Martin à Paris, Dumas donne la parole à des personnages ayant toutes les caractéristiques des héros romantiques : sensibilité exacerbée aux prises avec un amour passionnel devenu impossible et voué à une fin tragique.

Qu'en est-il pour « Marie » et « Une amazone » ? Les thèmes de chacune sont parfaitement romantiques. Il s'agit chaque fois d'une histoire d'amour sans issue, empêchée par les réalités sociales ou mise à mal par les sentiments de l'un des protagonistes. Dans les deux récits, cet amour s'inscrit dans des endroits

1. Voir Chronologie, p. 24.

sombres, multiplie les scènes nocturnes et se trouve lié à la mort. Ainsi Marie est-elle sur le point de se jeter dans la Seine pour mettre fin à ses jours, tandis qu'Herminie va jusqu'à tuer son amant qui lui a désobéi. Ces amours auréolées de mystère, qui se vivent sous des masques et réclament des duels afin que justice leur soit rendue, portent haut l'étendard du romantisme.

Il en va de même pour les personnages. La solitude des héroïnes traduit un sentiment persistant de la jeunesse désillusionnée du siècle. Herminie et Marie n'ont plus de mère, pas d'amies, et sont élevées par un père dont l'amour ne saurait compenser le réconfort qu'apporte une complicité féminine, ici absente. Les caractères ardents, entiers et sans concession d'Herminie et du scripteur de la lettre dans « Marie » sont eux aussi caractéristiques de ceux des héros romantiques – qu'on mentionne la fougue de l'auteur de la missive, le poids de l'honneur qui l'habite, ou la nature des sentiments qu'il nourrit pour la jeune fille (il est prêt à mourir en duel pour elle). Dans « Une amazone », Édouard, et plus encore Edmond, incarnent l'autre facette du héros romantique, plus désillusionnée, à laquelle les successions de régimes politiques et la chute de l'Empereur n'ont laissé aucun espoir, et qui s'abandonne à un quotidien sans saveur, pour ainsi dire désenchanté.

Mais comme bien des œuvres du siècle, au nombre desquelles celles de Stendhal et de Flaubert, les nouvelles de Dumas subissent aussi l'influence du réalisme.

Le réalisme de Dumas

Le réalisme est un mouvement littéraire et artistique lié à la révolution de 1848[1] et aux bouleversements économiques et

1. Troisième révolution après celle de 1789 et celle de 1830, la révolution de 1848 oppose, du 22 au 25 février à Paris, les libéraux et les républicains au

sociaux de la seconde moitié du XIXe siècle. Il s'oppose à la fois à l'idéalisme romantique du début du siècle et au formalisme hérité du XVIIe siècle, qui imposait des règles d'écriture très rigoureuses. C'est à la peinture que s'applique la première fois l'adjectif « réaliste ». Il est utilisé en 1850, de manière péjorative, par un critique d'art au sujet d'un tableau de grandes dimensions (315 × 668 cm) de Gustave Courbet présenté au Salon de peinture, *Un enterrement à Ornans*, qui suscite un énorme scandale. Ses détracteurs reprochent au peintre d'avoir représenté dans le format jusque-là réservé aux grandes scènes historiques, mythologiques ou religieuses, « une anecdote » : une scène d'enterrement populaire ayant lieu à la périphérie d'un bourg (dont Courbet est originaire). Ils fustigent en outre l'artiste pour sa vulgarité : il est accusé de peindre « le laid » et « l'ignoble ». Mais Courbet défend son œuvre en précisant qu'il se contente de prendre pour objet la réalité du monde qui l'entoure. Le peintre entend « traduire les mœurs, les idées, l'aspect de son époque », tout en faisant ressortir sa « propre individualité [1] ». Il devient rapidement l'une des figures clés du mouvement dit « réaliste », qui s'étend à la littérature. Les principes en seront rassemblés dans le recueil d'articles publié par l'écrivain Champfleury en 1857, *Le Réalisme*, ainsi que dans la revue *Réalisme* créée l'année précédente par le romancier et critique d'art Duranty. Les auteurs réalistes, parmi lesquels Balzac fait figure de précurseur, puisent leur sujet dans la vie réelle, en

---

roi Louis-Philippe, qui abdiquera le 24 février. Le même jour, Alphonse de Lamartine proclame la IIe République, mettant fin à la monarchie de Juillet.

1. Avant-propos, intitulé « Le Réalisme », à la brochure *Exhibition et vente de quarante tableaux et quatre dessins de l'œuvre de Gustave Courbet*, qui accompagne l'exposition de Gustave Courbet au pavillon du Réalisme, en marge de l'Exposition universelle de 1855.

particulier parmi les classes populaires. Ils cherchent à montrer le réel sans l'idéaliser, à décrire des personnages éprouvant des sentiments vraisemblables (et pas forcément glorieux) ; les milieux sociaux et les physiques sont évoqués avec précision et objectivité. Fondée sur de nombreuses recherches documentaires préexistant à l'écriture des œuvres, ce mouvement trouvera son prolongement dans le naturalisme, lequel poussera la démarche réaliste à son plus haut point, faisant de l'écrivain un scientifique qui observe la société de son temps au microscope et considérant que les actions et les caractéristiques des hommes sont déterminées à l'avance par leurs gènes et leurs antécédents, sans que leur volonté puisse en changer le cours ou les modifier.

Dans les nouvelles du présent recueil, Dumas s'attache à l'aristocratie décadente mais aussi au peuple ; la femme, qu'elle soit mariée ou libre, est érigée en personnage principal, témoignant d'une réflexion, nouvelle à l'époque, sur la condition féminine. Quant aux jeunes héros, peints en ambitieux et arrivistes, ils illustrent l'importance que le siècle accorde à l'argent et à la réussite sociale. Dans « Marie », dont l'action est contemporaine de l'écriture, Dumas brosse le tableau d'une époque décadente dans la personne d'Alfred de Linar, noble libertin, au « caractère faux et querelleur [1] » (p. 105). Dans le duel qui l'oppose au père de Marie, on peut lire l'affrontement de deux époques, la confrontation du jeune débauché issu de la Restauration et du héros révolutionnaire, « ancien officier [ayant] fait toutes les campagnes de l'Empire » et qui « attaché au maître sous lequel il avait vu se développer sa carrière militaire [...] ne put se résoudre à l'abandonner au jour de sa chute, l'accompagna dans son exil, et bientôt revint avec lui » (p. 112-113). Au moment de la mort du père,

1. *Querelleur* : bagarreur, qui cherche la dispute.

le narrateur renvoie dos à dos deux générations, dont l'une l'emporte, en honneur, sur l'autre : « Il tomba le vétéran d'Austerlitz et de Marengo, qu'avaient quinze ans respecté la mitraille et les boulets ennemis ; il tomba, frappé par la main d'un jeune homme qui n'avait encore rien fait pour la patrie ! » (p. 120).

Les descriptions rapides mais fines des personnages donnent en outre à voir toutes les facettes de leur caractère, y compris les plus sombres. Et l'abondance de détails permet au lecteur de situer les lieux, les dates, les événements. Dès le début de « Marie », le procédé de la double énonciation (s'adressant au destinataire de la lettre, le narrateur fournit aussi des informations au lecteur) précise le cadre spatiotemporel : « Paris, ce 15 mars 1826 » (p. 105) ; de même, on sait où se trouve l'auteur de la missive (« à l'hôtel de Castille, rue de Richelieu »). Plus loin, le lecteur suit le parcours de ce dernier dans les rues de Paris (« Je quittais la rue du Bac, et j'étais parvenu aux deux tiers à peu près du pont des Tuileries », p. 107). On retrouve le même type de précisions géographiques et temporelles dans « Une amazone », qui s'ouvre sur cette description : « Un matin du mois de septembre 184., un jeune homme suivait une de ces rues désertes du faubourg Saint-Germain… » (p. 39).

Enfin, Dumas use de la confusion que crée l'inscription dans le récit de commentaires directs du narrateur : le lecteur ne sait plus s'il lit une histoire véritable ou une fiction. Dès l'avant-propos d'« Une amazone », l'auteur instaure intentionnellement ce doute, affirmant qu'il s'est contenté, dans l'histoire qu'il livre, de changer les noms des personnages. Et de poursuivre : « Après notre mort, on trouvera dans nos papiers les noms véritables des principaux personnages » (p. 37). Les nombreux commentaires qu'il adresse directement au lecteur (« Ces derniers mots, *on le sait*, sont souvent de la main du portier[1] », p. 39 ; « Quant à Édouard, *avec qui nous devons faire plus ample connaissance* », p. 46 – nous soulignons chaque fois) non seulement captent son attention mais aussi créent un rapport de confiance nécessaire à son adhésion. Dans un même souci d'illusion réaliste, le texte conserve les fautes d'orthographe sur le panneau annonçant le logement à louer (« *S'adressé au concierge* », p. 39).

Mais le réalisme des nouvelles tient également à la peinture qu'elles offrent de la condition féminine au XIXe siècle.

Deux portraits de femmes

La condition de la femme au XIXe siècle

Élaborant des intrigues contemporaines de leur contexte d'écriture et centrées sur des personnages féminins, Alexandre Dumas donne au lecteur une idée de la condition des femmes à son époque. De « Marie » à « Une amazone », l'auteur nous offre d'elles deux images très contrastées, qui correspondent chacune à une réalité de ce sexe, entre enfermement dans des schémas patriarcaux et émancipation.

Le Code civil établi par Napoléon Ier en 1804 a instauré la toute-puissance paternelle, faisant régresser de façon fulgurante la position de la femme dans la société (voir Dossier, p. 130). Celle-ci est considérée comme une mineure, dépendante de son père puis de son mari ; elle ne dispose que de très peu de droits

1. *Portier* : celui qui garde la porte d'une maison ou d'un immeuble. Ici, il s'agit du concierge.

civiques et politiques. On lui interdit le port du pantalon sans autorisation. Elle n'a pas le droit de vote ni celui de se réunir en club ou de prendre la parole aux tribunes. Être femme au XIXe siècle, c'est avant tout être épouse et mère, c'est-à-dire servir son mari, tenir sa maison et s'occuper de ses enfants ; peu nombreuses sont celles qui réussissent à s'échapper de ce carcan.

Pourtant, durant ce siècle de bouleversements politiques et culturels, des femmes entreprennent de modifier les codes sociaux en faisant entendre leurs voix (par le biais de lieux d'exposition ou de maisons d'édition rendant hommage à leurs travaux). Certaines, parmi les classes sociales les plus aisées, tiennent salon, comme Mme Récamier (1777-1849) ou Mme de Staël (1766-1817), d'autres voyagent, par goût de l'aventure. Mais ces premières « émancipées » sont rares et risquent l'exil. Il faut attendre la révolution de 1848 et l'instauration du suffrage universel, encore limité aux hommes, pour que les choses évoluent. Peu de temps après, en pleine révolution industrielle, les femmes prennent conscience du rôle qu'elles ont à jouer dans la société qui se dessine, et qui a besoin de « bras ». De même, les grands magasins qui s'ouvrent font appel à une nouvelle main-d'œuvre, féminine (que l'on pense au roman de Zola, *Au Bonheur des Dames*, publié en 1883). En 1867, la loi Duruy, stipulant que chaque commune de plus de cinq cents habitants doit avoir une école de filles, constitue une avancée considérable en faveur de l'instruction des femmes. Vers 1880, la « garçonne » à la nuque rasée, indépendante, n'hésitant pas à conduire une automobile, renverse le modèle institué et, au début du siècle suivant, un cinquième des femmes mariées travaillent.

Deux héroïnes que tout oppose

« Une amazone », dont le titre même, par sa référence antique [1], convoque une figure de femme indépendante, sachant évoluer sans le soutien masculin, offre avec Herminie un exemple de ces nouvelles figures féminines se libérant des attentes sociales qui pèsent sur elles. Ayant perdu sa mère, Herminie est élevée par son père ; elle manie les armes comme un maître, épuise les chevaux « comme un homme » (p. 72) et, surtout, aime comme sont supposés aimer les hommes à l'époque – avec violence et sans émotion apparente. À cet égard, Herminie apparaît comme un danger, et son amour est vécu comme une humiliation par Édouard, personnage dévirilisé et vaguement lâche, qui se sent pris pour « un domestique » (p. 87). Affirmant que « la seule idée que quelqu'un aurait reçu d'un pouvoir plus fort que le [s]ien le droit de [l]'empêcher d'être libre, serait un tourment sans fin pour [elle] » (p. 87), Herminie fait écho à celles qui œuvrent pour la libération des femmes à l'époque, à l'image du personnage éponyme [2] de George Sand, Indiana, figure-miroir de son auteur (voir Dossier, p. 132). Cependant, sous la plume de Dumas, la personnalité libérée et farouche d'Herminie n'est pas teintée que de valeurs positives ; cette femme hors du commun se révèle prête à tuer son amant (ou celui qu'elle prend pour lui – Edmond, figure de l'homme plus dégradée encore que celle d'Édouard), n'éprouvant aucun remords une fois l'action accomplie. Sans panache, elle fuit en Italie à la recherche sans doute d'un nouveau divertissement, d'une nouvelle victime sur qui jeter sa passion froide. Symbole

1. Dans la mythologie grecque, les Amazones sont un peuple de femmes guerrières.
2. *Personnage éponyme* : personnage qui donne son nom au roman.

d'une sexualité libre et affirmée, personnage mêlant en son sein l'amour et la mort, Herminie préfigure certaines figures des *Diaboliques* (1874) de Barbey d'Aurevilly : comme Alberte dans « Le Rideau cramoisi », elle est d'une grande beauté et d'une grande froideur, et elle dispose des hommes selon sa volonté ; par ses dons au maniement de l'épée et son caractère masculin, elle rappelle également Hauteclaire dans « Le Bonheur dans le crime ». Dans la nouvelle « Une amazone », Herminie s'oppose à un autre personnage féminin archétypal, celui de Marie, jeune fille facile, douce et amoureuse.

Marie est déjà le prénom de l'héroïne éponyme du récit paru en 1826 dans les *Nouvelles contemporaines*, aux côtés de deux autres figures féminines que la vie malmène, Laurette et Blanche. Le choix des prénoms n'est pas anodin, et l'on y entend bien toute la pureté que Dumas attache à ses héroïnes, lui qui dédie ce premier recueil notamment à sa mère avec « hommage d'amour, de respect et de reconnaissance ». Les trois figures du volume répondent à une même définition de la femme : fragile et sans soutien maternel, elle doit assumer dans l'isolement sa condition féminine, c'est-à-dire celle de victime de la domination masculine. Marie, femme fragile et pure, ne pourra être sauvée (à double titre, physiquement d'abord, puis dans son honneur) que par un homme.

Avec « Marie » et « Une amazone », Dumas, dont on connaît davantage les formes longues, livre deux nouvelles trépidantes d'amour et de mort, qui multiplient les stratégies narratives (paroles rapportées, dialogues acérés, récit enchâssé, ironie mordante...) pour captiver le lecteur sans rien négliger de la peinture de son siècle et des rapports hommes-femmes qui s'y jouent.

CHRONOLOGIE

1789 2002

1789 2002

Repères historiques et culturels

Vie et œuvre de l'auteur

Repères historiques et culturels

1789	Révolution française.
1799-1804	Consulat de Napoléon Bonaparte.
1804-1814	Napoléon devient empereur, début du Premier Empire.
1814-1815	Louis XVIII au pouvoir (première Restauration).
1815	Napoléon rentre dans Paris, début des Cent-Jours.
1815-1830	Seconde Restauration, Louis XVIII puis Charles X au pouvoir.
1821	Naissance de Baudelaire ; mort de Napoléon Ier.
1824	Mort de Louis XVIII et avènement de Charles X.

Vie et œuvre de l'auteur

1802	24 juillet, naissance d'Alexandre Dumas, fils du général Thomas Alexandre Dumas Davy de La Pailleterie et de Marie-Louise Labouret, à Villers-Cotterêts, dans l'Aisne.
1806	Mort du père de Dumas, qui laisse sa veuve sans ressources.
1811-1813	Études au collège de l'abbé Grégoire.
1816	Dumas devient troisième clerc de notaire, mais il est plus attiré par la chasse que par le droit.
1819	Dumas rencontre Adolphe de Leuven, avec qui il rédigera ses premières œuvres littéraires.
1822	Premier voyage à Paris.
1823	Dumas s'installe à Paris et obtient un emploi dans les bureaux du duc d'Orléans.
1824	27 juillet, naissance d'Alexandre Dumas fils, fruit de la liaison de Dumas avec Laure Labay.
1825	Écriture et représentation de la pièce de théâtre *La Chasse et l'Amour*, en collaboration avec Leuven.
1829	10 février, Dumas fait représenter *Henri III et sa cour* à la Comédie-Française, premier coup d'éclat du drame romantique, qui place l'auteur parmi les chefs de file du mouvement, au côté de Victor Hugo.

Repères historiques et culturels

1830 « Bataille d'*Hernani* », liée à la représentation du drame romantique de Victor Hugo. Début du règne de Louis-Philippe et de la monarchie de Juillet (jusqu'en 1848).

1838 Victor Hugo publie *Ruy Blas*, drame romantique.

1840 Naissance de Zola.

Vie et œuvre de l'auteur

1830 30 mars, Première de *Christine* au théâtre de l'Odéon. Dumas s'engage dans la révolution de 1830.

1831 5 mars, naissance de Marie-Alexandrine, fille de Dumas et de Belle Kreilssamner. 3 mai, création au théâtre de la Porte-Saint-Martin d'*Antony*, premier succès triomphal de Dumas.

1832 Dumas rencontre Chateaubriand lors d'un voyage en Suisse.

1833 Publication des *Impressions de voyage - Suisse*. Dumas donne une fête somptueuse où sont invitées les grandes figures parisiennes de la littérature, de la peinture et du théâtre.

1835 Voyage en Italie.

1838 Voyage en Belgique et en Allemagne.

1840 Mariage avec l'actrice Ida Ferrier. Séjour en Italie. Publication de *Impressions de voyage – Excursions sur les bords du Rhin*, *Le Maître d'armes* et *Souvenirs de voyage - Une année à Florence*.

1841 Publication du roman *Le Chevalier d'Harmental*.

1843 Publication du *Corricolo* et de *Georges*.

1844 Dumas publie ses principaux romans, *Les Trois Mousquetaires*, *Une fille du Régent*, *Le Comte de Monte-Cristo*, *La Reine Margot*. Début de la collaboration avec Auguste Maquet.

1845 Procès à Eugène de Mirecourt qui a publié un pamphlet, *Fabrique de romans, Alexandre Dumas et Cie*. Publication de *Vingt Ans après*, *Le Chevalier de Maison-Rouge*, *La Dame de Monsoreau*.

1846 Voyage en Espagne puis en Afrique du Nord. Il publie *Le Bâtard de Mauléon* et *Joseph Balsamo*.

Repères historiques et culturels

1848	Révolution de 1848, dite « révolution de Février ». Début de la IIe République.
1850	Mort de Balzac. Naissance de Maupassant.
1851	Coup d'État de Louis-Napoléon Bonaparte (Napoléon III), et exil de Hugo en Belgique.
1852-1870	Napoléon III se proclame empereur ; Second Empire.
1856	« Traité de Paris » entre la Russie et l'Empire ottoman (fin de la guerre de Crimée).
1857	Procès contre le roman *Madame Bovary* publié l'année précédente par Flaubert ; ce dernier sera acquitté. Procès contre *Les Fleurs du mal* de Baudelaire, qui sera condamné.

Vie et œuvre de l'auteur

1847 Dumas inaugure son Théâtre historique en février et son château de Monte-Cristo, à Port-Marly, en juillet. Il est élu commandant de la Garde nationale de Saint-Germain-en-Laye. Il publie *Impressions de voyage, de Paris à Cadix*, *Les Quarante-Cinq*, *Le Vicomte de Bragelonne*.

1848 Dumas participe à la révolution de 1848 et tente (sans succès) de se faire élire député. Publication du *Collier de la reine*.
Alexandre Dumas fils publie son roman *La Dame aux camélias*.

1849 Vente aux enchères du château de Monte-Cristo. Publication des *Mille et un fantômes*.

1850 Dumas est poursuivi pour dettes. Faillite du Théâtre historique. Publication de *La Tulipe noire* et d'*Ange Pitou*.

1851 Dumas est traqué par ses créanciers. Il se réfugie à Bruxelles où se trouvent de nombreux opposants à Napoléon III, dont Victor Hugo. Publication d'*Olympe de Clèves* et de *Mes mémoires*.

1852 Voyage aux Pays-Bas et en Allemagne. Publication de *La Comtesse de Charny* et d'*Isaac Laquedem*.

1853 Dumas alterne séjours à Bruxelles et à Paris pour régulariser sa faillite. Parution de son journal *Le Mousquetaire*.

1854 Dumas quitte définitivement Bruxelles et se réinstalle à Paris. Il publie *Les Mohicans de Paris* et *Le Page du duc de Savoie*.

1856 Publication de *Les Compagnons de Jéhu*.

1857 Dumas rend visite à Victor Hugo, en exil à Guernesey. Voyages en Angleterre et en Allemagne. Fin de la parution du journal *Le Mousquetaire*, lancement du *Monte-Cristo*. Publication du *Meneur de loups*.

Repères historiques et culturels

1862 Victor Hugo publie *Les Misérables*.

1869 Flaubert, *L'Éducation sentimentale* ; Baudelaire, *Petits Poèmes en prose* (posthume).

1870 Guerre franco-prussienne ; proclamation de la IIIe République.

1871 La Commune de Paris. Zola publie *La Curée*.

Vie et œuvre de l'auteur

1858 De juin 1858 à mars 1859, Dumas voyage en Russie, de Saint-Pétersbourg jusqu'au Caucase. Publication des *Louves de Machecoul* et *De Paris à Astrakan*.

1859 Voyage en Italie. Publication du *Caucase*.

1860 Rencontre avec Garibaldi. Dumas voyage en Méditerranée avec sa maîtresse Émilie Cordier. Il rejoint Garibaldi en Sicile, et va à Marseille acheter des fusils pour ses troupes. Victorieux, Garibaldi nomme Dumas directeur des fouilles et des musées, à Naples. Publication de *Mémoires de Garibaldi* et *Causeries*. Création à Naples du journal *L'Indipendente*.

1861 Dumas habite à Naples jusqu'en 1864.

1863 Publication de *La San Felice*.

1864 Dumas rentre en France et s'installe à Enghien. Publication d'*Ivanhoé*.

1865 Voyage en Autriche et Hongrie.

1866 Voyage en Italie. Nouvelle parution du journal *Le Mousquetaire*.

1867 Dumas provoque un scandale en se faisant photographier avec sa maîtresse Adah Menken. Voyage en Allemagne. Il publie *Les Blancs et les Bleus*, *La Terreur prussienne*.

1868 Parution du journal *D'Artagnan*.

1869 Dumas séjourne en Bretagne pour travailler à son *Dictionnaire de cuisine*. Publication du *Docteur mystérieux* et de *La Fille du marquis*.

1870 Voyage en Espagne. Dumas s'installe dans la villa de son fils à Puys, près de Dieppe, où il meurt le 5 décembre. Obsèques le 8 décembre.

Repères historiques et culturels

1872	Monet expose une œuvre qui fait scandale, *Impression, soleil levant.*
1873	Mac-Mahon devient président de la République.
1875	Constitution de la IIIe République.
1880	Publication des *Soirées de Médan*, recueil de nouvelles naturalistes.

Vie et œuvre de l'auteur

1873 Publication posthume du *Grand Dictionnaire de cuisine*.

2002 Transfert des restes d'Alexandre Dumas au Panthéon.

Une amazone

– Herminie –

(1845)

Avant-propos

Un des plus grands malheurs de la vérité, c'est d'être invraisemblable. C'est pour cela qu'on la cache aux rois avec la flatterie[1], et aux lecteurs avec le roman, qui n'est pas, comme quelques-uns le croient, une exagération du possible, mais un faible pastiche[2] du réel.

Un jour, quand nous serons fatigué d'être romancier, nous nous ferons peut-être historien, et nous raconterons certaines aventures contemporaines et authentiques qui seront si vraies que personne n'y voudra croire. En attendant cette époque, et comme notre recueil déjà nombreux ne peut que s'augmenter dans l'avenir, nous en détacherons, en faveur de ceux de nos lecteurs qui ne veulent que des choses arrivées une simple histoire où nous ne changerons que les noms, bien entendu.

Après notre mort, on trouvera dans nos papiers les noms véritables des principaux personnages.

A. D.

---

1. ***La flatterie*** : le compliment exagéré et intéressé.
2. ***Un faible pastiche*** : une pâle imitation.

1. La recherche d'un logement

Un matin du mois de septembre 184., un jeune homme suivait une de ces rues désertes du faubourg Saint-Germain qui semblent si bien faites pour le recueillement et le travail, en regardant au-dessus de chaque porte s'il n'y avait pas l'écriteau traditionnel dont voici généralement le texte et l'orthographe :

PETIT APPARTEMENT DE GARÇON[1]
À LOUER POUR LE TERME
S'adressé au concierge

Ces derniers mots, on le sait, sont souvent de la main du portier[2] ; c'est pour cela qu'on y trouve ces irrégularités qui dénotent chez ce digne homme, toujours fier de son éducation, une façon bizarre d'interpréter la langue.

Il est vrai que, si vous entrez, vous vous apercevez qu'il la parle encore plus mal qu'il ne l'écrit, ce n'est qu'une bien faible compensation.

1. ***Garçon*** : ici, jeune homme célibataire.
2. ***Portier*** : voir note 1, p. 18.

Donc, notre jeune homme continuait ses recherches, quand, à côté d'une vaste porte cochère[1], il lut au-dessus d'une petite porte plus humble l'écriteau hospitalier[2].

Il entra, chercha aux vitres du portier la clé de la serrure, qu'on ne trouve jamais, et, après une recherche longue et infructueuse[3], résigné, il attendit que le digne vieillard – car ce devait en être un – voulût bien s'apercevoir de sa présence.

Le bonhomme se leva, posa sur une chaise ses formes et son tire-pied[4], et, après avoir relevé ses lunettes un peu plus au nord de son nez irrévérencieusement long, il ouvrit, et, sans dire un mot, se posa comme un point d'interrogation.

Le jeune homme répondit à cette phrase muette par la question habituelle :

« Vous avez un petit appartement de garçon à louer ?

– Oui, monsieur.

– De quel prix ?

– Six cent cinquante.

– Et à quel étage ?

– Au quatrième.

– De quoi se compose-t-il ?

– Mais il y a une antichambre, une petite salle à manger, une chambre à coucher, et une chambre dont on pourrait faire un petit salon.

– Peut-on le voir ?

– Oui, monsieur. »

---

1. ***Porte cochère*** : large porte par laquelle des voitures (voir note 1, p. 53) peuvent passer.

2. ***Hospitalier*** : accueillant.

3. ***Infructueuse*** : qui ne donne aucun résultat.

4. ***Ses formes et son tire-pied*** : termes de cordonnerie.

Le portier sortit, ferma sa porte, mit la clé de la loge dans sa poche, prit celle de l'appartement à sa main, regarda si personne ne venait et monta devant le jeune homme.

L'appartement était libre et pouvait être occupé tout de suite : le jeune homme passa d'une pièce à l'autre, examina fort superficiellement, disons-le, s'il était commode ou non, ne s'occupant guère que du papier[1], des portes et des plafonds, qu'il trouva assez convenables.

Enfin, le portier le fit entrer dans un cabinet de toilette qu'il avait oublié de lui mentionner et qui donnait sur une petite cour carrée fort étroite, fermée en face par la maison voisine, laquelle avait cinq fenêtres perpendiculairement placées sur cette même cour.

Ce cabinet acheva de charmer notre jeune homme, qui demanda si les 650 francs annoncés étaient le dernier prix de l'appartement.

« Au juste, reprit le portier ; il était même loué 700 ; mais il faut dire que c'étaient l'homme et la femme, des gens fort tranquilles du reste, et qui ont eu bien du regret de quitter la maison. Mais le mari a été nommé membre de l'Institut[2] ; alors ils ont été forcés de diminuer leurs dépenses, et le propriétaire a dit que, pour avoir un garçon, il ferait un sacrifice de 50 francs. Monsieur est garçon ?

– Oui.

---

1. ***Papier*** : ici, papier peint.
2. ***Membre de l'Institut*** : l'Institut de France est une organisation fondée en 1795, qui regroupe différentes académies et musées.

– Eh bien, monsieur, pour un garçon, c'est tout ce qu'il faut : c'est au midi[1], on a le soleil toute la journée ; il y a trois fenêtres sur la rue et un grand cabinet bien commode, avec une fenêtre aussi. On pourrait y mettre un lit même, pour un ami ou pour un petit domestique. Monsieur a-t-il un domestique ?

– Non.

– Eh bien, si monsieur veut, ma femme ou moi, nous ferons son ménage.

– C'est cela. Le logement me convient, dit le visiteur en sortant et pendant que le portier fermait la porte ; mais je ne veux y mettre que 600 francs.

– Si monsieur veut me laisser son adresse, j'en parlerai au propriétaire et j'irai lui porter la réponse. Du reste, monsieur voit que la maison est fort tranquille. Au premier, c'est une vieille dame toute seule ; le second n'est pas loué ; le troisième est vacant[2], et, au-dessus de monsieur, il n'y a qu'un jeune homme, qui est surnuméraire[3] au ministère de l'Instruction publique[4], M. Alfred ; mais il est toujours chez sa mère, qui habite la province. Nous ne souffrons[5] ni chat ni chien dans la maison. Monsieur n'a pas d'animaux ?

– Non. »

En ce moment, on arrivait à la loge ; le portier ouvrit, chercha quelque temps sur une commode où il y avait deux

1. ***Midi*** : sud. Il s'agit de l'orientation de l'appartement.
2. ***Vacant*** : non occupé.
3. ***Surnuméraire*** : en surnombre. Il n'est donc pas toujours à son poste.
4. ***Ministère de l'Instruction publique*** : équivalent du ministère de l'Éducation nationale aujourd'hui.
5. ***Souffrons*** : tolérons.

petits vases de fleurs artificielles, donna à son futur locataire une plume[1] problématique qui ne faisait honneur ni à l'oie qui l'avait fournie ni à celui qui l'avait taillée, posa sur sa table une feuille de papier à lettre à côté d'un encrier en porcelaine qui représentait l'Empereur[2], ayant de l'encre dans son chapeau, et le jeune homme écrivit son adresse : « Édouard Didier, rue, etc. »

« C'est très bien, reprit le portier en lisant l'adresse. Demain, je passerai chez monsieur, continua-t-il en le reconduisant jusqu'à la porte de la rue. Je n'ai pas besoin de dire à monsieur que le propriétaire et nous tenons à n'avoir que des personnes tranquilles. Nous savons bien ce que c'est qu'un jeune homme ; mais il y en a qui en abusent, qui reçoivent des… beaucoup de… enfin du monde qui *font* du bruit, et alors les locataires se plaindraient, et cela nous ferait avoir des désagréments.

– Je ne reçois que le strict nécessaire », dit le jeune homme en s'éloignant.

Le portier se mit à sourire de ce sourire disgracieux dont les imbéciles ont le privilège.

À quelques pas de là, Édouard rencontra un de ses amis parti depuis trois ou quatre mois pour un voyage, et revenu depuis quelques jours.

Après les premiers mots d'étonnement et de joie de se revoir :

« D'où viens-tu donc ? dit le nouvel arrivé, qui s'appelait Edmond L…

– Je viens de voir un logement que je vais prendre.

---

1. ***Une plume*** : pour écrire, on se servait à l'époque d'une plume d'oie taillée et trempée dans l'encre.

2. ***L'Empereur*** : Napoléon Ier.

– J'en cherche un, moi. Est-ce loin d'ici ?

– Non.

– Eh bien, si tu veux, remontons le voir ; si tu ne te décides pas et qu'il me convienne, je le prendrai.

– Malheureusement, fit Édouard, il y a beaucoup de chances pour que je le prenne.

– Voyons toujours.

On fit remonter le portier, et Edmond s'extasia sur la commodité du logement.

– Mon cher, dit-il, depuis huit jours que je suis arrivé et que je cherche un appartement, impossible d'en trouver un aussi charmant que celui-ci. Tu comptes le prendre ?

– Mais oui.

– Quel malheur ! Vous n'en avez pas un pareil ? continua-t-il en s'adressant au portier.

– Non, monsieur, ils sont tous plus grands et plus chers.

– Quel malheur ! répétait Edmond.

– As-tu fait un bon voyage ? dit Édouard en redescendant.

– Oui.

– As-tu eu quelque aventure ?

– Hélas ! non. Tu sais que j'ai vingt-deux ans, et que, depuis six ans, je cherche une passion ; je n'en trouve pas plus que de logement, mon cher. J'étais allé en Italie parce qu'on me disait que les Français sont les amants naturels des Italiennes. Ah bien oui ! elles me riaient toutes au nez.

– De sorte que tu es revenu…

– Comme j'étais parti. Mais j'ai écrit à une petite femme hier ; je dois aller prendre la réponse.

– Eh bien, bonne chance !

– Si tu ne prends pas ce logement-là, répéta Edmond en quittant Édouard, fais-le-moi dire.

– Oui.

– Adieu. »

Comme on le voit, Edmond était un type[1], mais un type ennuyeux. On n'a jamais rien vu de plus raide ni de plus disgracieux que ce pauvre garçon, toujours en retard d'une mode et toujours gêné dans ses habits ; un de ces individus que les femmes ont en horreur, parce que, quoique n'ayant sur leur compte que la théorie d'un collégien[2], ils affectent avec elles l'impertinence d'un roué[3], si bien que, comme elles savent à quoi s'en tenir, elles rient d'eux si elles ont un bon caractère, ou les mettent à la porte si elles en ont un mauvais. Si un ami, ayant une maîtresse, avait le malheur de lui présenter Edmond, il était sûr de s'entendre dire, deux jours après :

« Quel est donc ce monsieur que vous m'avez présenté ?

– C'est un de mes amis.

– Dites-lui que c'est un impertinent de se permettre de m'écrire ce qu'il m'a écrit, et que je lui défends de se présenter ici. »

Quelques-uns d'abord s'étaient fâchés ; mais, comme on avait vu que c'était un mal incurable[4], personne n'y faisait plus attention ; d'autant moins que ces lettres étaient sans conséquence[5], et que, comme si toutes les femmes se fussent donné le mot, la réponse ne variait pas.

---

1. ***Type*** : caractère, personne hors du commun.
2. ***N'ayant [...] que la théorie d'un collégien*** : ils parlent d'amour sans rien en connaître.
3. ***Roué*** : ici, quelqu'un qui s'y connaît en matière d'amour.
4. ***Incurable*** : que l'on ne peut soigner.
5. ***Sans conséquence*** : sans importance.

Quant à Édouard, avec qui nous devons faire plus ample connaissance, il était ce que l'on appelle un bon et brave garçon, qu'on voyait toujours venir avec joie ; assez riche pour être indépendant, mais faisant son droit[1] pour avoir le droit de ne rien faire, bon à se faire tuer pour un camarade, charmant, vif, indiscret, incapable d'un amour sérieux et ne rêvant qu'une liaison éternelle ; figure fière, physionomie[2] railleuse et qui prenait quelquefois une teinte de mélancolie légère et rapide, comme s'il eût vu passer devant lui l'ombre de son père et de sa mère, ces deux affections[3] qui ouvrent les portes de la vie aux autres et qu'il n'avait jamais connues. Si bien qu'il avait, sans douleur présente, sans pressentiment de chagrin à venir, de ces heures profondément tristes où l'âme se replie sur elle-même, où, au milieu même des éclats de rire de la journée, elle voit à travers les plaisirs éphémères[4] du monde quelque figure morte, poétisée encore par le temps, qui lui sourit de ce sourire qui étoilait son berceau, et qui va s'effaçant peu à peu jusqu'à ce que, les yeux se couvrant de larmes, elle disparaisse tout à fait.

Alors, pendant ces heures de recueillement, Édouard pensait à toutes ces affections d'un jour auxquelles il avait émietté son cœur et qui, aux instants de mélancolie que verse toujours le passé sur le présent, ne pouvaient le consoler dans sa solitude momentanée. La présence d'un ami joyeux eût pu seule effacer de son esprit ces douloureuses et passagères impressions.

---

1. ***Faisant son droit*** : faisant des études de droit.
2. ***Physionomie*** : air, ensemble des traits du visage qui expriment la personnalité, l'humeur.
3. ***Affections*** : personnes qui font naître des émotions, des sentiments.
4. ***Éphémères*** : qui ne durent pas, passagers.

Ces jours-là, c'étaient les jours où le temps était sombre, où il ne savait que faire, où il rentrait de bonne heure chez lui et où, au milieu du calme de sa chambre éclairée de deux bougies, les souvenirs devenaient ses hôtes et lui rendaient, dans un portrait, dans un meuble, dans un rien, une de ces joies d'enfant qui finissent presque toujours par devenir un sujet de tristesse ; puis il se couchait, prenait un des livres de nos poètes avec lequel il pût causer de sa tristesse, s'endormait, et, le lendemain, si le jour était beau, les fantômes avaient disparu et il redevenait le joyeux camarade des jours précédents.

C'était donc une de ces bonnes natures franchement parisiennes, comme il semble y en avoir tant et comme cependant il y en a si peu. Ses visites, rares il est vrai, à l'École de droit, et d'un autre côté ses habitudes quelque peu aristocratiques lui avaient fait fréquenter un double monde d'étudiants débraillés et de jeunes gens oisifs[1] ; et il se trouvait être fort aimé de tous, prêtant aux uns de l'argent avec lequel ils allaient à la Chaumière[2], et prêtant aux autres son esprit qu'ils répétaient le soir, ce dont ses amis ou leurs maîtresses lui étaient fort reconnaissants.

Édouard s'en tint là de ses recherches, il alla déjeuner, entra chez lui, compara le nouvel appartement qu'il allait prendre avec celui qu'il allait quitter, vit qu'il n'y gagnait rien si ce n'est du changement, et se mit à éprouver ces sortes de regrets qui vous viennent lorsqu'on quitte son logement de garçon, si petit et si incommode qu'il soit. On se rappelle tout ce qui est arrivé depuis qu'on y

1. ***Oisifs*** : qui n'ont pas d'activité, qui ne font rien.
2. ***Chaumière*** : taverne.

demeure, les vieilles émotions quotidiennes qu'il a vues naître et mourir, fleurs du matin, écloses entre quatre murs, et qui n'ont plus que ce parfum qu'on nomme souvenir. On en vient alors à regretter tout, jusqu'au piano insipide[1] de la voisine, piano maudit qu'on retrouve dans toutes les maisons qu'on habite, miaulant matin et soir sa gamme éternelle et inapprise, jusqu'au portier qui vous remettait le soir votre bougeoir et votre clé, et quelquefois une lettre attendue, si bien qu'on bénissait presque autant la main qui la remettait que celle qui l'avait écrite.

Puis la veille du déménagement arrive. Ce soir-là, sous prétexte qu'on a des malles à faire, on rentre de bonne heure, quelquefois avec un ami qui vient vous aider, mais plus souvent seul, on ouvre les armoires, les meubles ; on dérange tout, on touche à quarante choses sans les prendre, on ne sait par où commencer ; puis, tout à coup, dans un tiroir oublié, on retrouve une lettre oubliée aussi, puis une autre, puis une autre encore ; on s'assied sur le bord de son lit, et on se met à lire son passé, tout en interrompant sa lecture par ces monologues muets : « Pauvre fille ! Cette bonne Louise ! Elle m'aimait peut-être ! Qu'est-ce qu'elle est devenue ? »

Et la soirée se passe, sans qu'on ait rien fait, on ne sait comment, à évoquer de douces ombres de femmes, qui sans doute, à l'heure même où on se les rappelle, disent à d'autres les choses charmantes et fausses qu'elles vous disaient naguère.

Le lendemain, quand on se lève et qu'on n'a plus que deux heures pour déménager, tout est encore bien moins en ordre que la veille.

---

1. ***Insipide*** : ici, ennuyeux.

Comme on le comprend, le portier était venu apporter à Édouard une réponse affirmative. Édouard, en échange de sa réponse, lui avait donné le denier à Dieu[1], et, le logement étant vacant, il s'était mis à déménager tout de suite.

Deux jours après, il était complètement installé dans un nouveau palais à 600 francs par an.

1. ***Le denier à Dieu*** : les arrhes, argent versé pour réserver le logement.

2. Le lansquenet[1]

Il y avait à peu près un mois que les choses étaient dans cet état quand, un jour, Édouard, en sortant, vit entrer dans la maison voisine une vieille femme à laquelle, disons-le, il ne fit pas grande attention, avec une jeune fille si belle, qu'ainsi qu'une déesse[2] elle éclairait tout sur son passage. Elle tourna un instant la tête de son côté ; mais, si court qu'eût été cet instant, Édouard avait pu voir des yeux bleus, des cheveux noirs, un teint pâle et des dents blanches comme les peintres et les poètes en rêvent ; et dans l'expression du visage, dans le galbe du corps, je ne sais quoi de hardi et de vigoureux qui dénotait une nature ardente[3] et excentrique.

La jeune fille franchit le seuil de la porte cochère[4], qui se referma sur elle, et disparut comme une vision. Édouard continua son chemin, et, lorsqu'il fut arrivé au boulevard, où il venait tous les jours, sûr d'y rencontrer quelque ami, la charmante vision était déjà effacée de son esprit comme de ses yeux.

---

1. ***Lansquenet*** : jeu de hasard que l'on joue avec des cartes.
2. ***Qu'ainsi qu'une déesse*** : que comme une déesse.
3. ***Ardente*** : voir note 1, p. 11.
4. ***Porte cochère*** : voir note 1, p. 40.

En effet, après s'être promené quelque temps, après avoir salué quelques individus, il finit par en trouver un à sa convenance car il lui prit le bras et fit deux ou trois tours avec lui.

« Dînes-tu avec moi, lui dit Édouard, et veux-tu monter un instant chez Marie ? Il y a deux jours que je ne l'ai vue, cette pauvre fille. »

Les deux jeunes gens traversèrent le boulevard, entrèrent dans une maison de la rue Vivienne[1], montèrent au cinquième étage et sonnèrent très familièrement.

Une espèce de femme de chambre vint ouvrir.

« Marie y est-elle ?

– Oui, monsieur. »

Ils pénétrèrent dans une espèce de salon où il y avait des espèces de meubles. Deux femmes et deux jeunes gens étaient assis autour d'une table et causaient bruyamment.

« Tiens ! c'est Henri et Édouard, dit une ravissante petite tête blanche, blonde, rose comme un pastel de Müller[2]. C'est bien heureux ! Nous faisons un lansquenet. Asseyez-vous si vous trouvez des chaises, et jouez si vous avez de l'argent. »

On finit par trouver deux chaises.

« Qui est-ce qui gagne ? dit Édouard.

– C'est Clémence. Elle triche. »

Édouard se pencha à l'oreille de Marie et l'embrassa en lui disant tout bas :

« Tu vas bien ?

– Très bien.

---

1. *Rue Vivienne* : rue du 2e arrondissement de Paris.
2. *Pastel de Müller* : dessin exécuté au pastel, sorte de crayons gras, par le peintre Charles Louis Müller (1815-1892).

– Pourquoi n'es-tu pas venue hier ?
– J'ai été malade.
– Tu mens !
– Je fais trente sous [1], dit Clémence.
– Moi vingt, dit Marie. Édouard, mets pour moi ; je perds. »

Les deux jeunes gens se serrèrent la main.

« Qui est-ce qui fait la banque ? dit Henri.
– C'est moi, dit Clémence.
– C'est donc toujours elle ? Voilà dix-sept fois qu'elle passe !
– *Les canards l'ont bien passée*, chanta une voix fausse.
– Joue-t-on ? cria Clémence. Je fais trente sous.
– Je tiens vingt, répondit Marie.
– Moi dix, fit Édouard.
– Moi le reste, dit Henri.
– As et valet, dit Clémence.
– L'as est bon.
– Galuchet est meilleur.
– Qu'est-ce que c'est que ça, Galuchet ?
– C'est le valet.
– Il s'appelle donc Galuchet ?
– Parbleu ! comment veux-tu donc qu'il s'appelle ?
– Dis donc, Henri, sais-tu comment on prend les crocodiles ?
– Non.
– Eh bien ! ni moi non plus.
– C'est l'as qui gagne.

---

1. ***Sous*** : un sou équivalait à un vingtième de l'ancien franc (soit cinq centimes).

– Naturellement... Galuchet n'a jamais perdu.

– Passe la main.

– Je fais cent sous, dit Édouard.

– Moi, quatre francs, dit Marie.

– Je crois bien ! interrompit Clémence.

– Moi, vingt sous, dit un autre.

– Moi, le reste, dit Henri.

– Henri fait toujours le reste, et il ne reste jamais rien, il achètera une voiture[1] avec ça.

– Ah ! à propos de voiture, Augustine en a une.

– Bah !

– Oui.

– Tiens !

– Sept et dix, fit Édouard.

– Dix est bon.

– Sept gagne, reprit le banquier.

– Doubles-tu ?

– Oui.

– Je fais sept francs, dit Marie.

– Cinquante sous, dit Clémence.

– Il reste cinquante centimes ; les fais-tu, Henri ?

– Non.

– Ah ! bien, tu ne te ruineras pas à ce métier-là, à faire toujours quand il ne reste rien, et à ne rien faire quand il reste.

– La dame est mauvaise, reprit Henri ; elle a déjà passé quatre fois. »

Les deux jeunes femmes, appuyant leurs petites mains blanches sur la table, fixèrent, souriantes et attentives, leurs

1. ***Voiture*** : à l'époque, véhicule à grandes roues tiré par des chevaux.

yeux sur les cartes qui tombaient une à une, et, voyant qu'elles se succédaient sans rien amener, elles se mirent à les insulter.

Le jeu avec les femmes a cela de charmant qu'il donne à leur physionomie[1] toutes les expressions d'un chagrin réel ou d'une joie folle, selon qu'elles perdent ou qu'elles gagnent ; car elles ne se donnent pas, comme nous, la peine de cacher ce qu'elles éprouvent.

« C'est la dame qui gagne ! dit Clémence. Que le diable emporte le monarque.

– Il y a vingt francs au jeu, fit Édouard.

– J'en fais dix, dit Marie.

– Moi… rien, répondit Clémence en comptant ce qu'elle avait devant elle. Au fait, si je faisais cent sous ?

– Moi le reste, dit Henri, d'un air résigné.

– Deux huit ! fit Édouard.

– Je te devrai dix francs, lui dit Marie.

– J'aimerais mieux qu'un autre ne m'en dût que cinq, j'y gagnerais encore cent sous.

– Moi, je ne paye pas non plus, fit Clémence : voilà trois fois qu'il passe ! mais je fais dix francs.

– Moi dix.

– Moi cinq.

– Cinq !

– Dix ! »

Le jeu se trouvait fait. Édouard amena les cartes.

« Deux valets ! dit-il en riant.

– Gredin de Galuchet ! dirent les deux femmes.

– Cela fait vingt francs que je te dois, continua Marie.

1. ***Physionomie*** : voir note 2, p. 46.

– Je vends cette dette-là trente sous», reprit Édouard.

Personne ne répondit.

«Heureuse confiance! murmura Henri.

– Tenez, voilà mes dix francs, dit Clémence avec une petite moue[1] rose, je ne joue plus.

– Je passe la main», dit Édouard.

Et, s'adressant à Marie, qui n'avait plus d'argent devant elle :

«Tiens, Marie, tu me dois vingt francs, en voilà quarante; cela fait que tu ne me devras plus rien.

– Combien y avait-il au jeu? dit Clémence à Édouard.

– Quatre-vingts francs.

– Je reprends la banque à quatre-vingts francs.»

En ce moment, on sonna.

«Chuuut...», fit Marie.

On entendit la porte s'ouvrir et un dialogue commencer entre celui qui avait sonné et celle qui avait ouvert, puis la porte se referma avec ce bruit qui prouve qu'on a laissé le visiteur en dehors.

L'espèce de femme de chambre entra et remit une carte à Marie, qui, après avoir lu le nom, la passa en souriant à Édouard, lequel la passa à Clémence, qui la donna à son voisin, si bien qu'elle fit le tour de la table et que tout le monde se mit à rire.

«Qu'est-ce que vous avez répondu? dit Marie à Joséphine.

– Que madame était chez sa sœur à Auteuil.

– Je vote un louis[2] à Joséphine, dit un des joueurs.

1. ***Moue*** : grimace que l'on fait pour signifier sa mauvaise humeur.
2. ***Louis*** : pièce de monnaie en or, à l'effigie de l'Empereur, qui équivalait à vingt francs.

– Les chambres accordent[1]. »

On passa un louis à Joséphine.

« Maintenant que le monsieur est parti, reprit Clémence, en avant la barque ! Quatre-vingts francs !

– Vingt, dit Édouard.

– Dix, fit Marie.

– Quinze.

– Cinq.

– Le reste. »

Clémence hésita un instant ; l'idée qu'elle pouvait perdre quatre-vingts francs la tourmentait. Elle regarda si elle ne pouvait pas tricher ; mais, voyant que tous avaient les yeux fixés sur les cartes, elle se décida et amena dame et valet.

« Je paye moitié et je me retire. La dame avait déjà passé cinq fois.

– On refuse.

– Bravo ! Galuchet !

– C'est encore la dame, se mit à chanter Clémence. Je continue, je fais quatre-vingts francs ; la veine est bonne.

– Pardon, il faut que tu passes la main, tu n'as qu'un coup.

– C'est juste. Eh bien, mes petits anges, je ne joue plus.

– Bon ! Voilà encore Clémence qui fait Charlemagne[2].

– Tiens ! Je ne gagne que cinquante francs.

– Je te les fais », dit Marie.

Clémence allongea ses deux petites mains au bout de son nez, les joignit par le pouce et le petit doigt, et leur imprima un mouvement connu.

---

1. ***Les chambres accordent*** : aujourd'hui, on dirait « la banque accorde ».
2. ***Fait Charlemagne*** : empoche les gains sans donner de revanche.

« Alors, fit Marie, si Clémence s'en va, nous ne jouons plus.

– Eh bien, je fais vingt francs, dit Clémence en se ravisant.

– Je les tiens. »

Et les cartes commencèrent à pleuvoir.

« Tu sais bien Lambert ? dit Henri à Édouard.

– Oui, celui qui étudiait le droit.

– Il vient d'être reçu médecin.

– En voilà un à qui je ferai soigner mon oncle !

– Je gagne, dit Marie en prenant les vingt francs de Clémence.

– Je fais trente francs, dit celle-ci, à condition que tu me passes la main… Dépêche-toi, il faut que je m'en aille.

– J'accepte. »

Clémence amena sept et neuf : le neuf gagna.

Je ne sais pas de figure plus consternée ; c'était à faire pleurer un Turc.

« Je fais mon reste, dit-elle.

– Je tiens », dit Marie.

Au bout de trois cartes, Marie avait gagné.

Cette fois, c'était à faire pleurer un usurier[1].

« On vote vingt-deux sous à Clémence pour un cabriolet milord[2], dit Henri.

– Allez-vous-en au diable ! reprit celle-ci en mettant son chapeau.

– Tiens, Clémence, dit Édouard, je te fais vingt francs sur parole, que je gagne ou que je perde. Je perds, ainsi tu as beau jeu.

---

1. ***Un usurier*** : une personne qui prête de l'argent contre des taux d'intérêt élevés.

2. ***Cabriolet milord*** : type de voiture légère à deux roues.

– Je veux bien. »

Elle gagna les vingt francs, les prit, mit son châle et disparut comme une flèche.

« Cette pauvre Clémence ! dit Édouard.

– Laisse donc ! reprit Marie, elle a gagné dix-huit louis hier soir chez Juliette. »

On se mit à causer : puis peu à peu on s'en alla.

Édouard et Henri furent les derniers et Marie ne consentit à les laisser partir qu'à la condition qu'ils reviendraient après leur dîner.

« Quelle bonne fille que Marie ! dit Édouard en descendant l'escalier.

– Où l'as-tu connue ?

– Chez ce pauvre Alfred, qui est en Afrique.

– Elle est bien meilleure que Clémence.

– Il n'y a pas de comparaison. »

Et les deux jeunes gens s'éloignèrent en faisant l'éloge de la jeune femme, qui s'était mise à la fenêtre et qui les suivit d'un sourire qui s'adressait à Henri, et d'un regard qui s'adressait à Édouard, jusqu'à ce que tous deux eussent disparu à l'angle du boulevard.

Après son dîner, Édouard Didier revint seul rue Vivienne.

« Maintenant que nous voilà nous deux, monsieur, lui dit Marie d'un petit ton boudeur, vous allez un peu me dire ce que vous avez fait depuis deux jours et ce qui vous a fait oublier de venir ici. »

Édouard se coucha aux pieds de son joli et sévère président[1], et se mit à développer un système de défense qui eût fait honneur à plus d'un grand avocat.

---

1. ***Son joli et sévère président*** : il s'agit ici de Marie, comparée à un juge.

Les débats durèrent longtemps. Le jury entra en délibération, et, en faveur de l'amour qu'on avait pour l'accusé, on admit des circonstances atténuantes, et il fut déclaré non coupable.

Voilà à peu près quelle était la vie quotidienne d'Édouard, lorsque la gracieuse vision du matin vint y jeter quelques instants de douce rêverie.

3. Sous le masque

Les bals de l'Opéra approchaient. Or, les bals de l'Opéra sont l'endroit de Paris où l'on s'ennuie le plus et où l'on retourne, je ne sais pourquoi, avec le plus de plaisir. Marie voyait donc venir cette époque avec joie et comptait bien ne pas en manquer un seul.

Du reste, Marie était une de ces femmes d'esprit qui ne demandent le bras de leur cavalier, qu'il soit ou non leur amant, que jusqu'à l'entrée du bal, et qui, une fois dans le foyer[1], lui rendent sa liberté jusqu'au moment où elles doivent le retrouver, soit pour rentrer chez elles, soit pour aller souper.

Tout se passa donc comme d'ordinaire au premier samedi. Seulement, à peine Marie eut-elle quitté Édouard, que celui-ci sentit qu'on lui prenait la main.

Il se retourna.

«Tu n'attends personne ? lui dit un domino[2] caché, enveloppé, crénelé[3] dans son camail[4] et impossible à reconnaître.

---

1. ***Foyer*** : lieu où se rassemblent les danseurs.

2. ***Un domino*** : une personne qui porte un costume de bal masqué composé d'une robe avec un capuchon ou camail (voir note 4).

3. ***Crénelé*** : retranché comme derrière les créneaux d'une muraille.

4. ***Camail*** : petit manteau couvrant la tête, les épaules, et allant jusqu'à la ceinture.

– Non.

– Veux-tu me donner ton bras ?

– Avec plaisir, répondit Édouard en serrant une main fine et aristocratique, et en cherchant à reconnaître par ses yeux celle qui venait ainsi à lui.

– Inutile que tu cherches, lui dit le domino, tu ne me connais pas.

– Et tu me connais peut-être, toi ?

– Beaucoup.

– Prouve-le-moi.

– Rien de plus facile ; mais, comme ce que j'ai à te dire n'intéresse que toi, il est inutile que d'autres l'entendent. Suis-moi donc. »

Et l'inconnue se mit à traverser hardiment[1] toute cette foule jusqu'à ce qu'elle eût gagné une loge, au carreau de laquelle elle frappa. Un autre domino vint ouvrir, sortit et la laissa seule avec Édouard.

« Maintenant, lui dit cette femme, aimes-tu Marie ?

– C'est selon.

– Comment, c'est selon ?

– Oui. Si c'est comme amie, je l'aime beaucoup, si c'est comme maîtresse, je l'aime raisonnablement.

– Et Louise, l'aimes-tu ?

– Moins que je ne croyais, mais plus peut-être que je ne crois, dit-il en souriant.

– Quels sont les jours où tu es triste ?

– Le lendemain de bals masqués, demain, par exemple.

– Et pourquoi ?

– Parce que je t'aurai vue trop et trop peu.

---

1. ***Hardiment*** : avec détermination, sans se gêner.

– Tu ne peux pas me voir davantage aujourd'hui. Ainsi, résigne-toi. Seulement, pour te consoler, je te dirai que je suis jeune et belle.

– Je n'en serai que plus triste demain.

– Et que faut-il pour te rendre gai ?

– Il faudrait te revoir ou plutôt te voir.

– Tu me verras.

– Quand ?

– Demain.

– Où ?

– Que t'importe, pourvu que tu me voies ?

– Et, demain passé, te reverrai-je ?

– Peut-être.

– Et je te reconnaîtrai ?

– Non.

– Qui donc es-tu ?

– Qui je suis ? Je suis une femme qui ne t'avait jamais parlé et qui voulait te connaître. Et maintenant, adieu !

– Tu t'en vas ?

– Oui.

– Pourquoi ?

– Il le faut.

– Tu as un mari ? dit Édouard sachant que cette supposition flatte toujours une femme au bal masqué.

– Non.

– Nous nous en allons ensemble ?

– Enfant[1] !

– Pourquoi, enfant ?

– Parce que c'est impossible.

---

1. ***Enfant*** : ici, au sens de personne naïve.

– Et pourquoi est-ce impossible ?

– Parce que je ne t'aime pas encore assez et que je t'aime peut-être déjà trop.

– Tu parles comme le sphinx[1].

– Tâche de répondre comme Œdipe[2].

– Tu as de l'esprit ?

– Quelquefois.

– Et du cœur ?

– Toujours.

– Tu sais que je vais te suivre ?

– Tu sais que je te le défends ?

– Et de quel droit ?

– Du droit que toute femme a sur un galant homme.

– Adieu donc !

– Au revoir, oublieux ! »

Édouard baisa la main de son inconnue, qui ouvrit la porte de la loge et disparut dans la foule.

Puis il se remit à la recherche de Marie, la trouva, et, tout le reste de la nuit, fut, sinon fort triste, du moins fort intrigué.

Le lendemain, il ne fit pas un pas sans regarder devant lui, derrière ou de côté, sans interroger tous les visages, sans questionner tous les yeux. Il ne trouva aucun indice qui pût lui faire reconnaître son domino. Le soir, il était désolé.

Quand il rentra chez lui, le portier lui remit une lettre d'une écriture fine et charmante. Voici ce qu'elle contenait :

---

1. ***Sphinx*** : monstre mythologique, mi-femme mi-bête, qui dévore ceux qui ne parviennent pas à résoudre ses énigmes.
2. ***Œdipe*** : personnage qui, dans la mythologie, réussit à répondre à l'énigme du sphinx, et sauva ainsi la ville de Thèbes.

« Tu es donc comme les gens de l'Évangile qui ont des yeux et qui ne voient pas. Si, quand tu te promenais, au lieu de regarder derrière et devant toi, tu avais regardé en haut, tu aurais vu.

« Le bonheur vient du ciel ; c'est donc de son côté qu'il faut regarder. C'est encore un jour perdu. Tant pis pour toi ! À samedi.

« Pas un mot de tout ceci, ou tu ne me reverrais pas. Bonne nuit ! »

Édouard se frappa la tête, se gratta le bout du nez, questionna son portier, resta pendant une heure debout à regarder brûler sa bougie et à relire cette lettre, et, ne devinant rien, prit le parti de se coucher.

Cependant, si incrédule [1], si discret que fût Édouard, il n'osait pas parler de cette aventure à ses amis ; il craignait une mystification [2], et, chaque fois qu'on lui disait un mot ayant rapport au bal de l'Opéra, il croyait toujours qu'on allait ce qui s'appelle le *faire poser* [3] et se moquer de lui. Il attendait donc le samedi suivant avec une certaine impatience que son amour-propre appelait de la curiosité.

Du reste, jusqu'alors, il n'avait pas beaucoup cru aux intrigues [4] de bal masqué ; il pensait que c'était un moyen de roman [5] et non une possibilité de la vie réelle. Ses aventures à lui s'étaient toujours terminées le jour même par un souper, et lui avaient persuadé que c'était le seul dénouement vraisemblable. Cependant, il y avait eu dans

1. ***Incrédule*** : dubitatif, qui ne croit pas.
2. ***Mystification*** : illusion, tromperie.
3. ***Le faire poser*** : le faire marcher.
4. ***Intrigues*** : ici, rencontres amoureuses.
5. ***Moyen de roman*** : moyen utilisé par le romancier pour intéresser son lecteur.

Scènes de bal au XIXe siècle *

Héritier de la tradition médiévale du carnaval et réservé à la noblesse, le bal masqué voit le jour à la Renaissance. Aux XVIIIe et XIXe siècles, pendant la période du carnaval, de joyeuses réceptions costumées se tiennent à l'Opéra de Paris. À l'instar de Dumas, fasciné par l'excitation qui règne autour de ces soirées propices aux intrigues en tout genre, les peintres ont « croqué » l'ambiance de ces bals somptueux et colorés.

« Les bals de l'Opéra sont l'endroit de Paris où l'on s'ennuie le plus et où l'on retourne, je ne sais pourquoi, avec le plus de plaisir. » (p. 60)

▲ **Édouard Manet (1832-1883), *Bal masqué à l'Opéra* (1873), Washington (États-Unis), National Gallery of Art.**
Dans ce tableau exécuté dans son atelier d'après une série d'esquisses préparatoires, Manet montre la foule parisienne rassemblée à l'Opéra. On retrouve, comme chez Dumas, les costumes sombres de l'aristocratie et une certaine effervescence qui caractérise les soirs de fête.

* Voir dossier, p. 154-155.

«Tu n'attends personne ? lui dit un domino caché, enveloppé, crénelé dans son camail et impossible à reconnaître.» (p. 60)

◄ Hippolyte Michaud (1823-1886), *Le Bal masqué* (seconde moitié du XIXe siècle), Beaune, musée des Beaux-Arts de Beaune.
En ne représentant qu'un groupe restreint de personnages dans une scène de bal masqué, le peintre interpelle le spectateur : pourquoi les jeunes filles s'enfuient-elles ? Sont-elles amusées ou apeurées ?

▼ Jean Léon Gérôme (1824-1904), *Suites d'un bal masqué* (1857), Chantilly, musée Condé.
Lauréat du Grand prix de peinture lors de l'Exposition universelle de 1867, cette œuvre fut sans doute l'un des plus grands succès du peintre. On y voit la fin d'un duel, un matin d'hiver. Le contraste entre le sujet représenté et les costumes burlesques des personnages ajoute au tragique de la scène.

Le réalisme en peinture et en photographie : portraits de femmes *

Mouvement pictural avant d'être un mouvement littéraire, le réalisme se propose de représenter la réalité le plus fidèlement possible. À l'injonction de « faire beau » se substitue celle de « faire vrai ». L'art du portrait n'échappe pas à ce programme. Dans les œuvres reproduites ci-après, les artistes ont proposé des représentations réalistes de femmes en peinture ou en photographie. Le fond, souvent uni, s'efface au profit du modèle, qui fixe le spectateur et se laisse saisir en pleine lumière. Une grande attention est portée aux détails : la couleur de la chair, le mouvement des corps, la forme du visage... Tous ces éléments contribuent à produire un « effet de réel ».

◄ Amaury-Duval (1808-1885), *Madame de Loynes* (1862), Paris, musée d'Orsay. Amaury-Duval réalise le portrait de celle qui n'est alors que Marie Anne Detourbay, une fille d'ouvrier qui reçut par la suite les faveurs de Napoléon. Elle sut tirer parti de sa beauté et de son esprit pour tenir un salon littéraire à Paris, que fréquentait Dumas. Le regard hypnotique du modèle lui confère une aura énigmatique qui n'est pas sans rappeler celle d'Herminie, dans « Une amazone ».

* Voir dossier, p. 154-155.

Sébastien Cornu (1804-1870), *Portrait d'Hortense Cornu, née Lacroix, filleule de la reine Hortense* (XIXe siècle), Compiègne, musée national du château de Compiègne. Sébastien Cornu peint ici un portrait de son épouse, Albertine Hortense Lacroix, grâce à laquelle il put intégrer le cercle de Napoléon III. La simplicité de son vêtement et l'air de défi dans ses yeux ourlés de noir tranchent avec son statut social ; seul le titre de l'œuvre nous permet de comprendre que la jeune femme fait partie de la famille royale.

Daniel Masclet (1892-1969), *Irène Blanchard* (1928), Paris, Centre Pompidou. Daniel Masclet est l'un des photographes autodidactes les plus célèbres du XXe siècle. Fasciné par le corps féminin, il organise en 1933 une exposition photographique intitulée « La Beauté de la femme », pour laquelle il réalise plusieurs portraits. Comme Sébastien Cornu, le photographe a choisi de représenter son modèle sous son jour le plus simple, sans fard ni pose recherchée.

▲ Geri Pozzar (né en 1939), *Portrait de femme* (1970-1979), Florence (Italie), galerie Fratelli Alinari.
Geri Pozzar est un artiste italien qui réalise principalement des photographies en noir et blanc. Le portrait de cette femme anonyme semble ici avoir été capturé sur le vif, au détour d'un mouvement. Le soin apporté à l'éclairage permet de mettre en valeur la blancheur de la peau ainsi que la blondeur des cheveux du modèle. En dépit de l'apparente simplicité de la mise en scène, la photographie invite le spectateur à s'interroger : qui est cette jeune femme ? Et que dit l'expression de son regard ?

◄ Valérie Belin (née en 1964), Sans titre (2006), série *Métisses*, Paris, Centre Pompidou.
À l'occasion de l'exposition Paris Photo en 2007, l'artiste Valérie Belin propose une série de portraits de femmes métisses repérées dans la rue ou dans le métro. Les visages impassibles, presque figés, des modèles rappellent ceux de mannequins ou de poupées. Valérie Belin détourne ici les codes de l'esthétique réaliste et du portrait : son modèle de chair semble se transformer, sous son objectif, en modèle de cire.

Les amazones, d'hier à aujourd'hui

Dans la mythologie grecque, les amazones sont un peuple de femmes guerrières, farouches et agressives. La légende raconte qu'elles se coupaient un sein pour tirer à l'arc avec plus d'aisance. Par la suite, le terme « amazone » a longtemps désigné une femme qui monte à cheval en mettant les deux jambes du même côté. Symbole de femmes libres et combattantes, comme chez Dumas, le mythe des amazones a été repris et décliné depuis l'Antiquité, associé à une imagerie tantôt négative tantôt positive.

◀ D'après Polyclète, *Statue d'une amazone blessée* (IVe siècle av. J.-C.), Berlin (Allemagne), musée Antikensammlung der Staatlichen. Thème de prédilection des sculpteurs antiques, l'amazone blessée représente la femme guerrière selon l'idéal viril de l'époque. Il s'agit ici d'une copie en marbre d'après une statue en bronze réalisée pour le temple d'Artémis, déesse de la chasse, à Éphèse (dans l'actuelle Turquie). Capable de rivaliser avec les plus grands héros grecs (Hercule, Achille ou Thésée), l'amazone n'a rien à envier aux hommes.

▼ Martial d'Auvergne (1440-1508), *Jeanne d'Arc frappe les filles de joie* (vers 1480), Paris, Bibliothèque nationale de France.

Dans cette enluminure, Jeanne d'Arc est représentée sur son cheval, prête à passer à l'offensive. Figure médiévale de l'amazone par excellence, « la pucelle d'Orléans » mena les troupes françaises contre les armées anglaises pendant la guerre de Cent Ans. Ses exploits furent relatés dans de nombreux ouvrages du Moyen Âge. À la fois emblème de pureté et de bravoure, elle a fait l'objet de nombreuses représentations à travers les siècles et inspiré plus d'une centaine de films.

« Ah ! Il faut la voir monter à cheval, suivie d'un domestique. John me disait hier que, quand il revient de l'accompagner au Bois, il n'en peut plus, qu'il est sur les dents… Maintenant, on est fait à ça ; personne n'y fait plus attention ; on la traite absolument comme un homme. » (p. 75)

▶ Alfred de Dreux (1810-1860), *Cavalier et Amazone* (1850), Zurich (Suisse), collection Conseth.

Cavalier passionné, Alfred de Dreux acquit une grande renommée au XIXe siècle pour ses portraits équestres de la haute société. Ses tableaux représentent souvent d'élégantes écuyères chevauchant leur monture. Ici, c'est un couple de cavaliers qu'il nous donne à voir, présentant ainsi la femme comme l'égale de l'homme, propulsés tous deux dans un même élan.

▲ Lynda Carter incarnant l'héroïne de la série télévisée *Wonder Woman* (1975-1979).
Princesse des amazones, Wonder Woman est souvent considérée comme l'archétype de la super-héroïne dans la bande dessinée, mais aussi à l'écran, sous les traits de Lynda Carter dans sa première adaptation télévisée en 1975. Son créateur original, William Moulton Marston, avait souhaité faire de Wonder Woman un personnage féministe qui symbolise la force et le courage.
En 2016, celle-ci est choisie par l'ONU afin de promouvoir les droits des femmes à travers le monde, mais cette décision est contestée par des groupes féministes qui estiment que Wonder Woman est une représentation stéréotypée de la femme et une incarnation, avant tout, des fantasmes masculins.

le ton, dans la tournure, dans l'esprit de son domino quelque chose de si exceptionnel, et dans l'ordre qu'il lui avait donné de ne pas le suivre, un accent si digne, et dans la lettre du lendemain, des mots si mystérieux, qu'il se perdait au milieu de ses conjectures, comme Thésée[1] au milieu des souterrains, et qu'il avait beaucoup de peine à attendre le samedi sans montrer la lettre à quelqu'un de ses amis, et sans lui demander, à défaut d'éclaircissement, une probabilité.

Le samedi tant désiré arriva. Édouard passa la soirée avec Marie, qui hésitait à aller au bal et qui finit par se décider à rester chez elle. Il crut voir dans ce refus le nœud d'un complot ; il regarda la jeune femme le plus finement qu'il put ; mais, de quelque façon qu'il s'y prît, il ne lut rien sur son visage, si ce n'est qu'elle était fatiguée et que, ne s'étant guère amusée au bal précédent, elle craignait de s'ennuyer tout à fait à celui-ci.

Quant à lui, il prétexta un rendez-vous donné à deux amis, et, à minuit, il quitta Marie.

La première chose qu'il fit fut d'aller regarder dans la loge où huit jours auparavant, on l'avait amené.

Il n'y avait personne.

Il rentra au foyer, qu'il quittait de temps en temps pour retourner à cette bienheureuse loge ; enfin, vers une heure du matin, il sentit une main qui lui frappait sur l'épaule, et entendit une petite voix qui lui disait :

« On vous attend.

---

1. ***Thésée*** : personnage mythologique qui, dans un épisode célèbre, entre dans le labyrinthe de Dédale pour abattre le monstre Minotaure.

– Où ?

– Loge n° 20.

– Merci. »

En effet, il arriva au n° 20, où il trouva son domino hebdomadaire.

Il eut comme un battement de cœur.

« Suis-je exacte ? lui dit cette voix qui lui bourdonnait dans l'esprit depuis huit jours.

– Oui, comme une créancière[1].

– Vous avez de jolies comparaisons !

– N'ai-je pas une dette à vous payer ? Dette de reconnaissance pour cette charmante lettre qui me fait rêver le jour et qui m'empêche de dormir la nuit !

– Est-ce que vous allez être toujours aussi banal ?

– Est-ce que vous serez toujours aussi méchante ?

– En quoi le suis-je donc ?

– Vous me dites *vous* !

– C'est peut-être un progrès.

– Vous prenez le plus long, alors.

– Ne plaisantons plus, je suis triste.

– Et qu'avez-vous ? dit Édouard du ton d'un homme sérieusement affecté.

– Ce que j'ai ? reprit l'inconnue en fixant ses yeux sur lui comme si elle eût voulu lire au plus profond de son cœur et de sa pensée ; j'ai que je crains de vous aimer.

– Si vous me dites de ces choses-là, vous allez me rendre fou. Et où serait le malheur si vous m'aimiez ?

– Le malheur serait que je ne suis pas de ces femmes qui promettent beaucoup et ne donnent rien, et qu'en vous aimant je pense me perdre. »

1. ***Créancière*** : personne à qui l'on doit de l'argent.

Bon ! se dit Édouard, voilà que cela reprend le cours ordinaire. Trois francs de voiture pour aller, soixante francs de souper, trois francs de voiture pour revenir. Ça me fait soixante-six francs.

« À quoi pensez-vous ?

– Je pense, reprit Édouard, qui ne put dissimuler un sourire, que depuis qu'Ève a dit cette phrase-là à Adam dans le paradis terrestre, on l'a bien répétée dans le monde, et qu'il serait temps d'inventer quelque chose de plus nouveau.

– Adieu !

– Vous vous en allez ?

– Je vous déteste !

– Asseyez-vous donc.

– Écoutez, reprit le domino, vous ne me connaissez pas. Je suis une de ces femmes capables de donner leur vie, leur âme, à l'homme qu'elles aiment ; ardentes dans leur amour, mais terribles dans leur haine. Cela vous effraye, n'est-ce pas ?

– La haine seule.

– Croyez-vous à quelque chose ?

– À tout… Pensez-vous donc qu'un homme de mon âge a perdu déjà la croyance ?

– Je pense qu'à votre âge on ne l'a pas encore.

– Pourquoi ?

– Parce qu'on n'a pas assez souffert et qu'on a trop aimé.

– Vous vous trompez, madame ; les amours faciles et légères auxquelles nous semblons user notre âme, c'est à peine si nous leur prêtons notre esprit et, un jour, vient une femme qui est tout étonnée de retrouver, sous la cendre de ces amours éteintes, le cœur intact, comme Pompéi sous la cendre du Vésuve[1].

– Oui, intact, murmura la jeune femme, mais mort.

– Eh bien, mettez-moi à l'épreuve.

– Si je vous disais : il faut tout me sacrifier, cesser avec vos maîtresses vos amours faciles, risquer tous les jours votre vie pour me voir un instant, ne jamais dire ni à votre meilleur ami, ni à votre mère, ni à Dieu ce que je ferai pour vous et, en échange de ce danger de tous les jours, de ce silence de tous les instants, un amour comme vous n'en avez jamais eu ?

– J'accepterais.

– Si je vous disais encore : peut-être un jour ne vous aimerai-je plus. Alors vous n'aurez rien à faire dans ma vie, pas un reproche à m'adresser, pas un mot à dire ; et, si d'ici là vous devenez parjure[2] ou seulement indiscret… je vous tue !

– J'accepterais encore, dit Édouard du ton d'un Horace[3] jurant de sauver Rome, tout en se disant tout bas : "Pardieu ! je serais curieux de trouver une femme de ce genre-là, je la ferais empailler un peu vite[4]."

– Maintenant, déchirez ma lettre… Très bien… Demain, vous saurez mon nom.

– Qui me le dira ?

---

1. ***Pompéi sous la cendre du Vésuve*** : la ville de Pompéi fut recouverte par la cendre du volcan le Vésuve en 79 apr. J.-C. et ses ruines furent retrouvées des siècles plus tard très bien conservées.

2. ***Devenez parjure*** : faites un faux serment pour trahir ensuite.

3. ***Horace*** : héros légendaire romain qui aurait sauvé la ville de Rome en défendant son accès (VIe siècle av. J.-C.).

4. ***Je la ferais empailler un peu vite*** : je me dépêcherais de l'empêcher de nuire.

– Vous le devinerez.

– À quoi ?

– Si je vous dis à quoi, je ne laisse rien à faire à votre intelligence. Quand vous saurez mon nom, vous me verrez, et, à quatre heures, vous reviendrez chez vous prendre mes ordres. Vous avez jusqu'à demain pour faire vos adieux à Marie. À bientôt !

– Vous me le promettez !

– Je vous le jure. »

Elle alla rejoindre cette femme qui l'accompagnait toujours, et toutes deux descendirent le grand escalier sans se soucier du sillage de propos joyeux et d'invitations libres qu'elles laissaient derrière elles.

4. Le mot de l'énigme

Édouard rentra au foyer du bal de l'Opéra, ne comprenant rien à ce qui lui arrivait. Il avait entendu bien des femmes lui parler de réputation, de nom, de famille, et lui dire qu'elles pouvaient tout perdre pour lui ; puis un jour disparaître et recommencer près d'un autre le même manège ; mais on n'avait jamais exigé de lui des serments aussi formels ni un silence aussi positif ; de sorte qu'il doutait encore s'il devait continuer cette intrigue.

Mais peu à peu, en voyant autour de lui ce monde frivole [1], plein de fleurs, d'esprit et de joie, il fut convaincu que toutes les femmes étaient comme celles qu'il avait sous les yeux, et que celle-là même qu'il venait de quitter n'avait voulu que rire un peu à ses dépens et lui faire subir à peu près, pour être son amant, le même examen que pour être franc-maçon [2].

Il se persuada donc que le lendemain il allait savoir le mot de l'énigme et que tout se terminerait à sa grande satisfaction. S'il eût pu prendre un instant au sérieux pareille aventure, il ne s'y fût pas engagé une minute. Lui,

---

1. ***Frivole*** : léger, insouciant.

2. ***Franc-maçon*** : personne qui appartient à une société fermée, la franc-maçonnerie, dont les membres se reconnaissent à des signes et pratiquent des rites secrets.

le garçon insoucieux par excellence, vivant de liaisons frivoles et de parties joyeuses, envelopper sa vie d'un de ces amours terribles qui enivrent d'abord, et qui tuent, ensuite, cela lui sembla impossible, ou du moins cela lui sembla impossible tant qu'il resta dans le bal, et qu'il eut à son bras une de ces femmes à l'amour tissé d'air, dont il reconnaissait le visage sous le masque et le cœur sous l'esprit. Mais, quand il fut rentré chez lui, telle était la versatilité[1] de son caractère, qu'il se mit à se créer, comme Pygmalion[2], une statue dont il devint amoureux. Il ne rêva plus qu'une passion comme Werther[3], moins le suicide, bien entendu ; il entrevit des échelles de corde, des rêveries du soir, des enlèvements, des chaises de poste[4], des duels ; et, comme il était fatigué, que les oreilles lui tintaient encore de la musique du bal, tout se termina dans sa tête par un galop général auquel il s'endormit fort agité.

Quand il se réveilla, il faisait grand jour ; le soleil s'était levé par hasard et comme s'il se fût trompé de pays. Édouard se frotta les yeux, regarda l'heure, ouvrit la porte de sa chambre à coucher, et vit son portier qui faisait tranquillement son ménage. Il lui demanda s'il n'avait rien pour lui.

« Non, monsieur, répondit le bonhomme. Ah ! Si fait ! Une liste de souscription[5] qu'on a apportée à monsieur

---

1. ***La versatilité*** : l'inconstance, le fait de changer rapidement.

2. ***Pygmalion*** : dans la mythologie, sculpteur qui tombe amoureux de sa création, laquelle prend vie par l'intervention de la déesse Aphrodite.

3. ***Werther*** : personnage principal du roman *Les Souffrances du jeune Werther* (1774) de l'auteur allemand Goethe (1749-1832). Werther se suicide par amour.

4. ***Chaises de poste*** : voitures tirées par un cheval qui acheminent le courrier et transportent les voyageurs à heures régulières.

5. ***Souscription*** : engagement pris de fournir une certaine somme pour une dépense.

pour un pauvre ouvrier qui s'est cassé la jambe, hier au soir, dans notre quartier, en tombant d'un échafaudage sur lequel il travaillait. C'est un pauvre père de famille.

– Donnez, dit Édouard en prenant la liste.»

Et il se mit à la parcourir, afin de voir, par ce qu'avaient mis les autres, ce qu'il lui fallait mettre.

Le dernier nom était celui de mademoiselle Herminie de ***, inscrite pour cinq cents francs.

«Quelle est cette personne qui a donné plus que tout le monde? demanda Édouard.

– Oh! C'est une bien digne demoiselle, reprit le portier, qui fait beaucoup de bien aux pauvres. Elle demeure à côté.

– N'est-ce pas une grande jeune fille brune, un peu pâle?

– Oui. Est-ce que monsieur la connaît?

– Non; mais je l'ai vue entrer dernièrement dans la maison à côté, et, d'après ce que vous dites, je présume que c'est elle.

– Oui, monsieur, c'est elle. Mademoiselle Herminie demeure là avec sa tante. Figurez-vous, monsieur, que cette femme-là monte à cheval et fait des armes[1] comme un homme.

– Sa tante?

– Non, mademoiselle Herminie.

– Vraiment? Mais c'est une très belle éducation pour une jeune fille!

– J'ai été maître d'armes dans mon régiment, continua le portier, et je puis dire que je tirais crânement[2]. Eh bien,

---

1. ***Fait des armes*** : s'entraîne au maniement des armes.

2. ***Crânement*** : courageusement.

monsieur, elle a su cela, et elle n'a pas eu de cesse que je n'eusse fait des armes [1] avec elle. Je me rappellerai toujours cela : c'était un matin du mois dernier ; vous n'étiez pas encore notre locataire. Si fait ! Vous l'étiez déjà. Elle m'envoie chercher. On me fait entrer dans une petite salle d'armes très gentille, où je trouve un joli jeune homme. C'était elle qui voulait faire assaut. On me donne un plastron, un fleuret. Je mets un masque et un gant [2], et nous voilà en garde. Ah ! Monsieur, un vrai démon ! Cinq coups de bouton [3] avant que je pusse seulement parer ! Et des dégagements, des contres, des coupés ! Il fallait voir ! On eût dit l'épée de l'archange Michel ! Parole d'honneur, j'étais essoufflé, je n'en pouvais plus, qu'elle était aussi tranquille qu'en commençant ! Ah ! C'est une fière luronne [4] !

– Et qu'est-ce que dit sa tante de ses habitudes ?

– Que voulez-vous qu'elle dise, la brave femme ? Ça amuse cette jeunesse. On ne peut pas empêcher ça, c'est la faute de son père...

– Pourquoi ?

– À ce qu'il paraît, son père était un ancien qui était solide et que l'Empereur aimait beaucoup. Alors il grillait [5] d'avoir un garçon, pour faire un soldat du fils comme lui

---

1. ***Elle n'a pas eu de cesse que je n'eusse fait des armes*** : elle a voulu à tout prix se battre contre moi.

2. ***Plastron***, ***fleuret***, ***masque***, ***gant*** : accessoires nécessaires au maniement des armes à l'escrime.

3. ***Coups de bouton*** : coups d'épée, qui touchent l'adversaire. Le bouton est une petite sphère de cuir ou de métal à l'extrémité de la lame (pour la rendre inoffensive).

4. ***Luronne*** : femme de caractère, déterminée.

5. ***Grillait*** : brûlait d'envie.

était soldat du père. Voilà que sa femme devient enceinte ; voilà notre homme content : il croit que ça va être un garçon ; crac ! c'est une fille, et la pauvre mère meurt des suites de ses couches. Puis, comme un malheur n'arrive pas sans l'autre, voilà l'Empereur qui revient de Waterloo [1], voilà la grande débâcle qui arrive, voilà le monde sens dessus dessous, et bref, voilà mon ancien qui vit à la campagne tout seul, entre le tombeau de sa femme et le berceau de sa fille. Alors, quand la petite a été un peu grande, il a voulu en faire un garçon ; il la faisait monter à cheval, tirer le pistolet, nager, faire des armes, et le diable à quatre [2] ! Si bien que la petite gaillarde, qui avait une santé de fer, menait une vie d'enragé et rossait [3] tous les petits garçons, ce qui amusait beaucoup le papa.

– Ah ! mais c'est très joli, cela ! Continuez, vieillard. »

Édouard, voyant le portier sourire, détourna la tête.

Le narrateur s'appuya sur son balai et continua :

« Mais ce n'est pas le tout. Papa avait beaucoup de blessures, pas mal de rhumatismes [4] dessous, et, un beau jour, il *cassa sa pipe* [5], comme on dit au régiment. Si bien que mademoiselle Herminie, qui avait alors quinze ans, resta avec sa tante, qui aime assez le monde, et qui, fatiguée de la campagne, s'en vint vivre à Paris avec sa nièce et occupa l'hôtel à côté. Quand elle eut dix-sept ans, on parla de la

---

1. *Waterloo* : célèbre bataille qui opposa en 1815 les Anglais, menés par Wellington, aux Français, menés par Napoléon Ier, et qui vit la défaite de ces derniers.

2. *Faire [...] le diable à quatre* : faire beaucoup de bruit, beaucoup de désordre.

3. *Rossait* : corrigeait, en les tapant.

4. *Rhumatismes* : douleurs aux os, aux muscles et aux articulations.

5. *Cassa sa pipe* : mourut.

marier. Ah bien, oui ! Elle a dit qu'elle n'épouserait qu'un homme qui couperait comme elle vingt-cinq balles de suite sur la lame d'un sabre et qui la toucherait dix coups contre cinq. Si bien que les prétendus s'en sont allés avec des coups de bouton [1] et rien de plus.

– C'est très curieux, fit Édouard d'un ton sceptique. Donnez-moi mes bottes, il faut que je sorte.

– Oui, monsieur.

– Et elle est riche ?

– Très riche. Ah ! Il faut la voir monter à cheval, suivie d'un domestique. John me disait hier que, quand il revient de l'accompagner au Bois, il n'en peut plus, qu'il est sur les dents… Maintenant, on est fait à ça ; personne n'y fait plus attention ; on la traite absolument comme un homme.

– Tenez, voilà vingt francs pour la quête.

– Il faut que monsieur signe.

– Ah ! C'est juste. »

Édouard prit une plume et mit son nom au-dessous de celui de la belle amazone [2] ; puis, tout à coup, il s'arrêta en disant :

« C'est impossible.

– Monsieur refuse de donner ses vingt francs ? Monsieur est libre.

– Je connais cette écriture-là, murmura Édouard.

– Que dit monsieur ?

– Je n'ai plus besoin de vous. Allez-vous-en. Je garde cette liste ; vous monterez la prendre quand on viendra la chercher… »

---

1. ***Coups de bouton*** : voir note 3, p. 73.
2. ***Amazone*** : voir note 1, p. 7.

« Où diable ai-je vu cette écriture-là ? » se dit Édouard quand il fut seul.

Puis, tout à coup, il se frappa le front et alla fouiller dans la poche de son habit pour y reprendre la lettre de son domino ; mais il se rappela qu'il la lui avait rendue ou plutôt qu'il l'avait déchirée sous ses yeux, et il revint à la liste pour s'assurer de l'identité de l'écriture.

C'était si invraisemblable que cette jeune fille, qu'il n'avait entrevue qu'une fois, fût l'héroïne de ses deux bals masqués, qu'il rejeta toute supposition à son égard. Et cependant il revenait à toute minute regarder le nom, et, tant qu'il l'avait sous les yeux il restait convaincu que la lettre était de la même main qui avait signé l'offrande des cinq cents francs.

C'était à n'y pas croire, aussi Édouard croyait-il de plus en plus.

« Pardieu ! pensa-t-il, elle m'a dit que j'apprendrais son nom aujourd'hui : le voilà, son nom. Elle m'a dit que je la verrais : eh bien, je vais sortir et je la verrai sans doute. »

Il se mit à s'habiller et passa dans son cabinet de toilette, qui, comme on se le rappelle, donnait sur une petite cour. Le portier avait laissé la fenêtre ouverte, et, au moment où Édouard s'avançait pour la fermer, il vit passer, derrière les vitres de la fenêtre vis-à-vis la sienne la jeune fille, qui le regardait et mettait un doigt sur sa bouche, signe qui, dans toutes les langues, se traduit par *silence !*

Puis le rideau retomba et tout fut dit.

Édouard resta comme pétrifié. Le cœur lui battait à lui rompre la poitrine.

Il ferma sa fenêtre, s'assit et se mit à réfléchir.

Le résultat de ses réflexions fut que maintenant qu'il savait quelque chose, il ne comprenait plus rien.

Il acheva sa toilette et sortit.

« Je crois bien que je serai discret ! se disait Édouard. Comme elle est belle ! Et cette pauvre Marie que je lui ai promis de ne plus voir ! Comment faire pour me brouiller avec elle ? »

Tout en faisant son petit monologue, il arriva rue Vivienne et trouva Marie assise et boudeuse au coin du feu.

« Bonjour, dit-il en entrant.

– Bonjour, répondit la jeune femme d'un ton sec.

– Tu es malade ?

– Non.

– Qu'est-ce que tu as ?

– Je n'ai rien.

– Pourquoi fais-tu la moue [1] ?

– Parce que.

– Mauvaise raison. Adieu.

– Tu t'en vas ?

– Oui.

– Bon voyage ! »

Édouard sortit. Quand il eut descendu un étage, il entendit Joséphine qui lui criait par-dessus la rampe :

« Monsieur !

– Eh bien ? fit-il en relevant la tête.

– Madame veut vous parler. »

Édouard remonta.

« Qu'est-ce que tu me veux ? dit-il en rentrant.

– Assieds-toi là.

---

1. ***Moue*** : voir note 1, p. 55.

– Après ? Continua-t-il se faisant grondeur à son tour.

– Avec qui as-tu été au bal hier ?

– Avec Henri et Émile.

– Et qu'est-ce que c'est que cette femme avec qui tu as causé toute la nuit ?

– C'est ma tante.

– Ah ! Je te conseille de plaisanter !… Écoute, Édouard, si tu ne m'aimes plus, avoue-le, plutôt que de me faire jouer un rôle ridicule et de m'exposer à m'entendre dire partout que tu m'as quittée, moi, malade, pour conduire je ne sais qui au bal de l'Opéra.

– Avec ça que c'est drôle, le bal de l'Opéra ! »

Et le jeune homme se mit à remuer le feu avec les pincettes.

« D'abord, continua Édouard en riant, je n'ai conduit personne au bal de l'Opéra. Une femme est venue me parler, je ne pouvais pas la faire arrêter par les municipaux[1].

– Quelle est cette femme ?

– Je ne la connais pas.

– Tu mens !

– Je te le jure. Et, d'ailleurs, je ne sais pas ce qui te prend. Je sors pour venir te voir, au lieu de travailler et d'aller à l'École, et voilà que…

– Aujourd'hui, c'est dimanche, on ne va pas à l'École.

– Oui, mais je pouvais étudier.

– Va donc, mon bonhomme, va donc, je sais ce qu'il me reste à faire.

1. ***Municipaux*** : gendarmes.

– Fais ce que tu voudras. Tu peux même, si ça t'amuse, écrire des livres sur la morale ; mais je te préviens que je ne les lirai pas.

– C'est donc beau, ce que tu dis là ?

– Tu es bien fière ! Il y a des académiciens et des pairs de France qui en font. C'est très joli.

– Tiens, va-t'en ! Je te jetterais mes pincettes à la tête !

– Ce n'était pas la peine de me rappeler pour me dire cela.

– Je veux que tu me conduises au Cirque, ce soir.

– Ton dialogue manque de suite. C'est impossible.

– Pourquoi ?

– Parce que je dîne en ville.

– C'est bien ! Quand tu me reverras, il fera chaud.

– À l'été prochain, chère amie. »

Marie passa dans une chambre voisine et ferma violemment la porte. Quant à Édouard, il sortit en se disant :

« Me voilà brouillé. Qu'on dise encore qu'il n'y a pas une Providence !... »

Il était près de quatre heures. Édouard prit une voiture et rentra chez lui.

On lui remit une lettre ; il l'ouvrit et lut :

« J'ai entendu parler d'un homme qui, le lendemain du jour où il s'était aperçu que la femme qu'il aimait demeurait en face de chez lui, avait trouvé moyen de jeter un pont sur les deux fenêtres et de venir la trouver à minuit.

« Il est vrai que c'était un homme d'esprit, de courage et de cœur. »

On remit, en outre, à Édouard la carte d'Edmond, qui lui faisait dire qu'il serait à cinq heures en face du Café de Paris.

5. À visage découvert

Édouard monta chez lui. Il s'agissait de mesurer la distance qui séparait les deux fenêtres, et, comme disait la lettre, d'établir un pont. Ce n'était pas chose commode, d'autant moins qu'on ne pouvait prendre que des mesures approximatives. Enfin, comme il n'y avait pas de temps à perdre, il calcula le mieux qu'il put, redescendit, entra chez un charpentier qu'il trouva sur son chemin, et dit qu'il lui fallait pour le lendemain une planche large d'un pied, longue de dix et épaisse de trois pouces[1] ; puis il donna son adresse, paya et sortit.

À cinq heures, il trouva Edmond qui l'attendait sur le boulevard.

« Quoi de nouveau ? dit Édouard.

– Rien.

– A-t-on répondu à ta lettre ?

– Oui, tiens, voilà la réponse. »

Édouard lut :

« Monsieur, pour qui me prenez-vous ? Vous êtes un *saut*[2] ! »

ÉLÉONORE.

---

1. ***Pied, pouces*** : voir note 1, p. 12.
2. ***Saut*** : au lieu de « sot », pour « idiot ».

Édouard ne put s'empêcher de rire.

« Qu'est-ce que tu dis de cela ? fit Edmond.

– Je dis que ça n'est pas une réponse bien encourageante.

– Toi qui connais tant de femmes, fais-m'en donc connaître une.

– Tu es toujours vacant [1] ?

– Toujours. »

Ce fut un des *toujours* les plus tristes qui se soient dits.

« Eh bien, je t'en ferai connaître une.

– Vraiment ?

– Oui.

– Quand ?

– Aujourd'hui même.

– Blonde ?

– Oui.

– Une femme honnête ?

– Parbleu ! mais fort sensible.

– Tu vas me présenter ?

– Tu iras seul.

– Elle me mettra à la porte.

– Tu lui donneras quelque chose de ma part. Il faut que je lui fasse un cadeau quelconque. Autant que ce soit toi qui profites de la bonne humeur qui en résultera. »

Édouard entra chez Marlé, choisit un bracelet auquel il joignit cette lettre :

« Ma chère Marie, oublie ce qu'hier encore j'étais pour toi ; souviens-toi toujours de ce que je serai désormais : un ami sincère et dévoué.

---

1. ***Vacant*** : ici, libre, célibataire.

« Permets-moi d'offrir ce bracelet à ton bras droit ; s'il n'en veut pas, qu'il l'offre à ton bras gauche.

« Celui qui te le remettra est un de mes bons amis, qui voudrait devenir un des tiens. »

« Maintenant, continua Édouard, porte cela à mademoiselle Marie, rue Vivienne, 49. »

Edmond disparut comme l'ange de la Visitation [1].

Quant à Édouard, ne sachant que faire de sa soirée, il rentra de fort bonne heure, étudia de nouveau les localités, réfléchit longtemps à tout ce qui lui arrivait et s'endormit.

Le lendemain matin, il fut réveillé par le charpentier, qui lui apportait sa planche. Ce brave homme était fort intrigué, et voulait absolument savoir ce qu'on pouvait faire d'une planche de dix pieds dans un appartement si petit. Il ne s'expliquait cela que par un amour exagéré du bois et par le besoin qu'éprouvait l'acheteur d'en avoir toujours auprès de lui. Il ne put y tenir et demanda où il fallait mettre la planche.

« Dans le cabinet de toilette.

– Et comment faut-il la poser ?

– Droite, appuyée contre le mur.

– Si monsieur voulait me dire pourquoi c'est faire, nous pourrions la placer tout de suite... Si c'est pour poser des objets lourds dessus, car il faut que les objets soient lourds pour que monsieur l'ait commandée si forte, – en y mettant des supports dessous, des supports solides...

– C'est pour faire un jeu chinois, dit Édouard. Le reste me regarde. »

---

1. ***L'ange de la Visitation*** : il s'agit d'une référence à l'Annonciation, le moment où, selon le Nouveau Testament, l'ange Gabriel vint annoncer à Marie qu'elle serait la mère de Jésus-Christ.

Le charpentier sortit.

Quelque temps après, Edmond entra.

« Quelles nouvelles ? lui demanda Édouard.

– Hé bien ! Mais elle ne m'a pas très bien reçu.

– Qu'est-ce qu'elle t'a dit ?

– Presque rien. Elle m'a remis cette lettre pour toi. »

Édouard ouvrit et lut :

« Mon cher Édouard, je te remercie de ton bracelet ; mais, quand tu voudras que tes cadeaux me fassent plaisir, il ne faudra pas me les envoyer par des ambassadeurs aussi insolemment bêtes que ton ami... »

« Parle-t-elle de moi ? fit Edmond.

– Du tout ! Ce sont des choses particulières.

– J'y retournerai aujourd'hui.

– Fais comme tu voudras. »

La journée se passa comme toutes les journées à la fin desquelles on doit faire une chose plus importante que la veille, c'est-à-dire qu'Édouard n'avait qu'une pensée et que tous ceux qu'il rencontra passèrent devant lui comme des ombres, sans que son esprit en gardât le moindre souvenir. Les rideaux de la fenêtre voisine restèrent inviolablement fermés, et il y avait même des moments où Édouard croyait avoir fait un rêve et ne savait plus ce qu'il lui restait à faire. Les aiguilles de la pendule, qui devaient, selon toute probabilité, marcher si vite pour lui à partir de minuit, marchaient bien lentement jusque-là.

Une bizarrerie de l'homme, c'est de vouloir, quand il attend une heure avec impatience, faire faire au temps un chemin aussi rapide que celui de sa pensée. Ainsi Édouard se promenait dans sa chambre, reconstruisait dans son esprit les commencements de cette aventure, s'en représentait toutes les suites possibles, rêvait tout un monde inconnu, et restait fort étonné de n'avoir mis que cinq minutes au plus pour tout cela.

Mais, enfin, si lentement que semble marcher l'heure, il faut que celle qu'on attend arrive ; et alors, chose assez étrange, une fois qu'elle est arrivée, toutes les choses indifférentes qu'on a faites s'effacent, et il semble qu'elle est venue bien vite.

Minuit sonna.

Édouard se mit derrière sa fenêtre, pour voir s'il apercevrait à celle de sa belle voisine quelque mouvement qui le rappelât à la réalité.

Au bout de deux ou trois minutes, il vit le rideau se soulever imperceptiblement, et, comme si son cœur n'eût attendu que ce signal, il se mit à battre avec acharnement.

Édouard ouvrit sa fenêtre tout à fait.

L'autre répondit en s'ouvrant de même.

L'obscurité était complète. Édouard s'en alla trouver la planche. Or, la planche était lourde, et ce n'était pas chose facile que de poser un pareil monument entre les deux maisons.

« Si elle allait être trop courte ! » pensa-t-il.

Et, tout en faisant les réflexions qu'inspirait la circonstance, il approcha son pont et regarda si personne ne pouvait le voir. Il s'assura que tout dormait dans la maison comme dans la nature, depuis Neptune jusqu'au portier, et il se mit à faire glisser son dessus de précipice sur le rebord de sa fenêtre jusqu'à ce qu'il eût touché celui de la fenêtre opposée.

Il avait eu une peine horrible pour accomplir cette manœuvre ; il avait fallu qu'il appuyât de tout son poids sur la partie de la planche qu'il tenait, pour qu'elle ne s'en allât pas, comme une flèche, donner dans les fenêtres du dessous et réveiller tout le monde. Outre qu'une pareille maladresse lui eût fait perdre tout le bénéfice de son aventure, cette chute n'aurait eu aucune excuse aux yeux des voisins. Si bizarres et si excentriques que soient les habitudes d'un locataire, il ne peut pas faire croire qu'elles aillent jusqu'à jeter, passé minuit, des planches de dix pieds de long et de trois pouces d'épaisseur dans les carreaux des maisons. Il n'eût guère trouvé de soutiens que chez les vitriers.

Il faut avouer, pour être vrai, que la crainte de se casser le cou était pour moitié dans l'émotion qu'éprouva Édouard lorsqu'il mit le pied sur la planche.

Comme vous pensez, il ne resta debout sur le pont mouvant que juste le temps nécessaire, et il se trouva bien vite à cheval sur la planche, qui, toute solide qu'elle était, n'en avait pas moins une certaine élasticité de tremplin, fort agréable dans un gymnase, mais fort déplaisante au-dessus de quatre étages.

Enfin, comme il n'y avait plus à reculer, Édouard avança, mais avec une précaution qui prouvait tout le prix qu'il attachait à son existence.

Arrivé au milieu, il pensa à Marie, se disant qu'il aimerait encore mieux sa vertu d'occasion, qu'il trouvait toujours au bout de quatre-vingts marches, que cette vertu toute neuve qu'il allait trouver par un chemin plus court, il est vrai, mais bien plus difficile et qui lui faisait faire un exercice qui devait le rendre souverainement [1] ridicule.

1. ***Souverainement*** : absolument.

Enfin il toucha le bord et ne put retenir un *ouf!* où il y avait plus de joie d'être arrivé sain et sauf, que de bonheur de voir sa maîtresse.

À peine eut-il enjambé la fenêtre, qu'il entendit la charmante voix du bal qui lui disait :

« Retirez la planche. »

« Ah ça ! se dit Édouard, ce n'est pas un amour, c'est un déménagement. »

Et il se mit à retirer son chemin.

La chambre où il se trouva était complètement obscure, si bien qu'il restait là, étreignant cette planche stupide dans ses bras, et ne sachant où la mettre. S'il avait fait jour et qu'il eût pu voir la figure qu'il faisait, il se fût jeté par la fenêtre à l'instant même et se fût sauvé du ridicule par le terrible.

Comme il n'entendait rien, il se hasarda à dire :

« Où peut-on poser la planche ? »

Il sentit une main qui le guidait dans l'ombre, et, ayant rencontré un mur, il lui confia ce que, dans une ou deux heures, il aurait de plus cher au monde. Puis il continua de suivre cette main, qui l'attira et le fit asseoir sur une causeuse[1]. Et alors, au milieu de l'obscurité, commença à voix basse ce dialogue historique :

« Vous tiendrez vos promesses ?

– Oui.

– Savez-vous ce que je risque en vous recevant ici ?

– Savez-vous à quoi je m'expose en y venant ?

– Je peux perdre ma réputation !

– Je peux me casser le cou, moi !

– C'est si peu de chose que la vie.

1. ***Une causeuse*** : un petit canapé.

– Pardon ! pardon !… Si vous n'y tenez pas, n'en dégoûtez pas les autres.

– Je vous l'avais bien dit, qu'il y avait un danger de tous les jours à vaincre pour me voir. Il en est temps encore, si vous ne m'aimez pas assez pour vous y exposer, rentrez chez vous et oubliez-moi comme je vous oublierai.

– Je vous aime, fit Édouard en lui prenant les mains.

– Ma conduite doit vous paraître étrange ; mais vous vous rappelez que je vous ai dit n'être pas une femme comme les autres. Je vous aime comme amant mais je vous haïrais comme mari. La seule idée que quelqu'un aurait reçu d'un pouvoir plus fort que le mien le droit de m'empêcher d'être libre, serait un tourment sans fin pour moi. Vous êtes mon premier amour ; mais je ne vous dis pas que vous serez le dernier. Moi, je n'ai jamais aimé, je ne sais pas combien de temps on aime, et, du jour où je ne vous aimerai plus comme aujourd'hui, j'entends que nous redevenions libres tous deux ; que jusque-là il n'y ait pas une indiscrétion de votre part, comme il n'y aura pas un doute de la mienne, et qu'une fois séparés par ma seule volonté, quoi qu'il arrive, vous cessiez de me connaître et continuiez votre route sans regarder en arrière. »

« Cette femme-là prend un amant comme on prend un domestique, pensa Édouard. Voyons les gages [1] ! »

« Une autre, continua la jeune fille, se fût mariée et eût caché ses amants sous sa position nouvelle, les amants derrière son mari, et, aux yeux du monde, eût rendu ridicule un homme d'honneur qui lui aurait donné la moitié de sa vie et confié son nom. Moi, je ne trompe personne, je suis libre de mon amour comme de ma pensée ; je suis venue à

1. ***Les gages*** : le salaire.

vous parce que je vous aimais, et que, si hardi que vous fussiez, vous n'eussiez pas osé venir à moi.»

«Très bien, se dit Édouard; me voilà rangé dans la classe des chiens et des chevaux.»

«Une seule personne est dans notre secret; mais celle-là sera muette comme moi, parce qu'elle me doit tout, ne croit et n'espère qu'en moi, et que, du jour où elle tenterait de me perdre, elle se perdrait. Ainsi, c'est plus qu'un témoin, c'est un auxiliaire[1].»

Si cet amour spontané et violent de la jeune fille était flatteur pour la vanité d'Édouard, la position qu'elle lui faisait ne l'était guère pour son amour-propre; il restait, comme il disait, dans la catégorie des animaux domestiques; il devenait pour sa maîtresse un peu plus que sa femme de chambre, un peu moins que son chien, un accessoire, un hochet, un passe-temps, et on le prenait à son tour pour éteindre une passion, comme, du reste, il avait pris bien des femmes pour éteindre un caprice.

Cependant, tout humiliant que devenait son rôle, il l'accepta en pensant que, du jour où il serait réellement l'amant de cette femme, il prendrait assez d'empire sur son esprit, sinon sur son cœur, pour passer au moins de la position d'accessoire à celle d'utilité[2].

Édouard était de ceux qui croient que l'amour est la grande chose de la vie des femmes, et que celui qui parvient à s'emparer de cet amour devient leur maître. Il se trompait, surtout pour Herminie, chez qui une éducation exceptionnelle avait plus exalté l'imagination que développé le cœur. Elle se connaissait parfaitement, et il faut

1. ***Un auxiliaire*** : une personne qui aide.
2. ***D'utilité*** : de chose utile.

dire, à sa louange, qu'elle était franche avec lui. Elle l'aimait, elle trouvait tout naturel de le lui dire, comme aussi de lui fermer sa fenêtre, du jour où elle lui fermerait son cœur. Mais, comme, tout en trouvant l'amour une assez agréable distraction, elle trouvait le monde un charmant plaisir, elle ne voulait pas sacrifier le plaisir à la distraction. C'est pour cela qu'elle exigeait un silence hermétiquement gardé.

Quant à Édouard, il n'avait pas d'amour pour elle. Si c'eût été une douce et craintive jeune fille, il se fût senti fort auprès d'elle, et peut-être l'eût-il aimée, ne fût-ce que pour avoir dans sa vie un amour de roman. Si Herminie, qui bravait les préjugés dans le tête-à-tête, les eût bravés en face de tous ; si elle l'eût pris, lui, jeune, inconnu, au mépris du monde, et en lui écrivant pour ainsi dire sur le front : « Cet homme, c'est mon amant ! » il en fût devenu fou, parce que son plaisir et sa vanité y eussent trouvé leur compte. Mais une liaison ténébreuse, accompagnée de menaces de mort à la moindre indiscrétion, tout cela n'était pas très engageant pour un homme habitué à des cœurs sans garnison [1], se rendant, comme les citadelles espagnoles, à la première attaque, et ne trouvant jamais une arme contre les assiégeants, une fois qu'ils sont devenus les maîtres. Aussi n'accepta-t-il ce que lui offrait Herminie que parce que, après tout, on ne trouve pas tous les jours une belle jeune fille qui jette sur vous tout le feu de son premier amour, et parce qu'il se disait que, lui aussi, il serait toujours libre de rompre ce mariage nocturne, et

1. ***Des cœurs sans garnison*** : des cœurs sans défense. Les garnisons sont des troupes de soldats qui doivent défendre une ville, une forteresse.

de terminer cette aventure par le dénouement qui lui conviendrait.

Il faut dire cependant que ces idées, qui devaient évidemment devenir plus précises chaque jour, ne pouvaient être d'abord qu'à l'état de vague instinct dans l'esprit d'Édouard, en présence de la jeune fille. En l'écoutant, en prenant sa douce main, il se crut capable de tout braver pour elle, pour la femme dont le cœur lui demandait si naïvement la révélation d'un bonheur inconnu, dont l'âme se donnait à lui avec tous les étonnements et toutes les joies d'un premier amour. Elle aussi, qui avait si froidement raisonné sa passion d'abord, semblait entièrement changée ; elle l'aimait, oublieuse du monde et de l'avenir. Si bien qu'à trois heures du matin, à peu près, quand Édouard recommença, pour rentrer chez lui, le même exercice qu'il avait fait pour en sortir, tout se trouvait poétisé à ses yeux, et qu'il ne tenait à la vie que pour pouvoir de nouveau, le lendemain, s'exposer à la mort.

6. Il y a loin de la coupe aux lèvres

Quand Édouard se réveilla, il était convaincu qu'il était amoureux fou d'Herminie. Il faisait des vœux de fidélité et de discrétion, et ne songeait qu'au moment heureux où il pourrait retourner auprès d'elle. Tout se passa la seconde fois comme la veille. Seulement, Édouard était un peu plus aguerri[1], et traversait son pont avec une rapidité et une insouciance charmantes. Le surlendemain, même amour, même confiance. Enfin, comme les jours se suivaient et se ressemblaient, au bout d'une semaine, il n'y avait pas à Paris un homme capable de passer aussi bien qu'Édouard sur une planche. En supposant que la chose pût durer un an, il fût devenu un des acrobates les plus distingués de la capitale.

Les dix ou douze premiers jours ne parurent pas longs à Édouard. Il les remplissait des souvenirs de la veille et de l'espérance du soir ; mais il lui sembla que peu à peu les journées se faisaient vides, et il éprouva le besoin de revoir ses anciens amis qu'il avait négligés pour ses nouvelles amours. Quant à Marie, qui avait paru prendre si facilement son parti de la désertion de son amant, elle eût bien voulu savoir ce qu'il devenait, et n'eût même pas été fâchée

1. ***Aguerri*** : habitué au danger.

que le hasard se chargeât de la venger d'une façon quelconque; mais, de quelle manière qu'elle s'y prît, elle ne put rien savoir, sinon qu'on ne voyait plus Édouard nulle part, ni à la promenade ni au théâtre, et que l'on commençait à croire que, comme Curtius[1], il s'était jeté dans un gouffre. Ce fut alors qu'il reparut tout à coup sur le boulevard, rendez-vous quotidien de ses amis.

L'un des premiers qu'il revit fut Edmond, qui cherchait toujours un logement et une maîtresse, et il va sans dire qu'il ne trouvait ni l'un ni l'autre.

« Ah ! Mon cher, disait-il à Édouard, c'est une femme comme Marie et un logement comme le tien qu'il me faudrait !

– Marie ne consent donc pas à t'aimer ?

– Hélas !

– Comment te reçoit-elle ?

– Quelquefois mal, mais souvent très mal.

– Va d'un autre côté.

– Je ne connais pas d'autre côté.

– Que veux-tu que je te dise ? Attends.

– Si je pouvais déménager, encore ! Mais impossible de trouver un logement. Tu trouves tout de suite, toi !

– Cherche.

– Je ne fais que cela. Pendant que tu es en train de quitter[2], quitte ton logement et cède-le-moi.

– Impossible.

– Adieu, alors.

– Adieu. »

---

1. ***Curtius*** : héros légendaire romain, qui se serait jeté dans le gouffre des Enfers pour sauver Rome.

2. ***Pendant que tu es en train de quitter*** : puisque tu quittes Marie.

Et, le soir à minuit, Édouard recommença le trajet aérien qu'il avait fait la veille et qu'il devait faire le lendemain.

Cependant cette existence devenait un peu monotone. Plusieurs fois il avait refusé des parties[1] que, quinze jours plus tôt, il eût acceptées avec enthousiasme et qui l'auraient fort amusé encore, malgré le nouvel état de choses. Il voyait tous ses amis continuer la vie à laquelle il s'était mêlé jadis, et il commençait à les trouver plus heureux que lui. Les premières heures d'enivrement passées, il se mit à réfléchir sur la position ridicule qu'il se faisait, et ses premières idées lui revinrent, mais plus acharnées et plus précises encore que la première fois. Quand par hasard il avait une soirée libre, c'est qu'Herminie allait au bal et qu'elle donnait à des robes, à des fleurs, à la danse, le temps qu'elle eût dû lui donner tous les jours. Il n'était pas, comme nous l'avons vu, bien sérieusement amoureux, mais il raisonnait comme s'il l'était, et il en voulait à Herminie d'une chose qui très souvent eût été fort agréable à lui-même. Or, si les bénéfices étaient grands, les charges étaient énormes, de sorte que, soit qu'il ne pût supporter les veilles[2], soit qu'Herminie fût d'un caractère exigeant, Édouard s'ennuyait à vue d'œil.

Les bals se passaient. Herminie voulait bien y aller, mais elle n'entendait pas que les soirées de liberté qu'elle laissait à son amant, il les occupât à autre chose qu'à penser à elle, et, comme elle avait, grâce à cette femme qui toujours l'accompagnait aux bals de l'Opéra, une police[3]

---

1. ***Parties*** : soirées.
2. ***Veilles*** : longues soirées à attendre.
3. ***Une police*** : ici, une personne qui surveille.

très bien faite, si elle avait appris qu'Édouard n'eût pas passé la nuit chez lui, elle lui aurait fait le lendemain une scène de reproches et de jalousie. Édouard sentait donc que plus il irait, moins sa position serait tenable, et que le moindre accident le rendrait, lui et sa planche, honteusement ridicule aux yeux de ses amis.

Plusieurs fois il avait essayé de partager avec Herminie ces heures de tristesse qu'il avait déjà dans l'âme, mais qui, depuis quelque temps, se représentaient plus fréquentes. Alors il se mettait à ses pieds et, pendant quelques minutes, voulait oublier la maîtresse pour l'amie ; mais il s'apercevait bientôt que cette causerie rêveuse, que les gens les plus heureux même échangent et qui repose comme un sommeil, était parfaitement inconnue à la jeune fille. Elle n'avait pas même cette charité de cœur qu'avait Marie, qui, toute folle qu'elle était, effaçait le sourire de ses lèvres roses quand Édouard était triste. Vingt fois il lui avait pris les mains, et, avec ce bonheur qu'éprouve tout homme à parler de sa vie, si indifférente qu'elle soit aux autres, si uniforme qu'elle ait été pour lui, il avait raconté à Herminie sa première jeunesse et avait, pour ainsi dire, cherché, dans l'amour de sa maîtresse, la continuation de l'amour de sa mère ; mais jamais un mot de consolation n'était tombé de la bouche de la jeune fille, dont le cœur ardent, ouvert aux passions, semblait être fermé aux sentiments.

Édouard, acceptant cette intrigue dans tout ce qu'elle avait d'excentrique et de nouveau pour lui, avait voulu le plus possible la poétiser mais il était forcé de s'avouer que c'était chose impossible, et qu'il était bien heureux de ne pas aimer Herminie. Enfin, il arriva ce qui devait arriver, c'est que, ne trouvant rien de vrai chez cette femme, excepté la passion, il en vint à la mépriser et ne pensa plus qu'au moyen de rompre une liaison qui datait de deux mois à peine.

La veille du jeudi de la mi-carême[1] arriva, et, ce jour-là, comme tous les autres jours, Édouard mit sa planche entre les deux fenêtres, passa dessus, la retira, la remit, la repassa, la reprit, le tout d'un air fort résigné.

« Vous serez libre demain, lui dit Herminie ; c'est le dernier bal de l'Opéra, et j'y veux aller. Je vous y verrai, n'est-ce pas ? »

Il y avait si longtemps qu'Édouard n'était allé au bal, qu'il fut, comme un enfant, heureux de cette permission qu'on lui accordait, et, le lendemain, à une heure, il était dans le foyer.

Ce fut encore Edmond qui vint le premier à lui.

« Eh bien, lui dit Édouard, rien de nouveau ? As-tu trouvé un logement ?

– Non.

– Et une femme ?

– Non plus.

– Mais celle que tu avais au bras tout à l'heure ?

– C'est Marie.

– Et toujours inflexible ?

– Toujours.

– Tant mieux pour toi, parce que tout n'est pas rose chez les femmes.

– Est-ce que tu aurais des chagrins de cœur ?

– Non ; mais je t'avouerai que je suis fort inquiet.

---

1. ***La mi-carême*** : le jeudi de la troisième semaine du carême, période de pénitence pratiquée par les catholiques avant Pâques.

– Conte-moi cela.

– Tu es trop bavard.

– Conte toujours. »

Il y avait déjà longtemps qu'Édouard éprouvait le besoin de faire part à quelqu'un de ses aventures et de ses infortunes. Il se mit donc à raconter à Edmond, qui lui promit le secret, comment il avait connu Herminie, les lettres qu'il avait reçues d'elle, les rendez-vous de chaque soir, l'excentricité de son caractère, et enfin à lui développer toutes les raisons qui le forçaient à rompre. Edmond écoutait fort attentivement. Quand Édouard eut fini :

« Tu n'as qu'un parti à prendre, dit-il.

– Lequel ?

– C'est de partir.

– J'y pensais. À propos…

– Quoi ?

– Si tu veux, je pars et je te laisse mon logement.

– J'allais te le demander. Et quand ?

– Dès demain. Le mérite des grandes résolutions c'est d'être accomplies vite. J'ai toujours eu envie d'aller voir les Pyramides. Je vais profiter de l'occasion.

– Je suis le plus heureux des hommes ! pensa Edmond.

– C'est convenu, continua Édouard. Je te laisse mes meubles. À mon retour, tu me les rendras.

– Parfait !

– Mais silence !

– Sois donc tranquille.

– Eh bien, à midi, demain, chez moi.

– J'y serai ; adieu. »

Édouard se fit ouvrir la loge n° 20, où se trouvait Herminie. Quant à Edmond, il ne se possédait pas de joie d'avoir ce logement qu'il avait tant désiré.

Un domino lui prit le bras. Il reconnut Marie.

« Édouard est ici ? dit-elle.

– Oui.

– Loge n° 20, n'est-ce pas ? Je viens de l'y voir avec une femme.

– Peut-être.

– Vous la connaissez ?

– Non.

– Dites-moi son nom seulement.

– Je l'ignore.

– Vous mentez !

– Tout ce que je puis vous dire, c'est que je prends son logement ; si vous voulez y venir…

– Où va-t-il ?

– Il part.

– Pourquoi ?

– Ah ! Voilà ! fit Edmond, du ton d'un homme qui est de moitié dans un secret et qui affecte la discrétion [1].

– Mon petit Edmond, dit Marie d'un ton câlin, dites-moi pourquoi.

– Vous êtes trop bavarde.

– Je vous en prie ! Je vous aimerai beaucoup.

– Bien sûr ? et vous ne parlerez de ce secret à personne ?

– Vous verrez. »

Et Edmond se mit à raconter mot pour mot à Marie ce que venait de lui dire Édouard.

« Ah ! La bonne histoire ! fit Marie.

– Mais surtout n'en dites rien !

---

1. ***Qui affecte la discrétion*** : qui fait mine d'être discret.

– Comptez sur moi. Pardon, voilà quelqu'un que je connais. »

Marie laissa Edmond comme si elle eût eu à parler à quelqu'un, puis elle quitta le foyer et vint regarder par le carreau de la loge. Édouard y était encore, mais, quelques instants après, il sortit. Quand il fut hors du bal, elle appuya ses mains sur l'ouverture du carreau, se leva sur la pointe des pieds et dit :

« La planche est-elle toujours solide ? »

Herminie se retourna comme si une vipère l'eût piquée, mais Marie avait déjà disparu en riant comme une folle.

Herminie ouvrit la loge et quitta le bal à son tour.

Quant à Édouard, il était rentré se coucher, afin de pouvoir se lever de bonne heure et faire tous les préparatifs de son départ. Dès le matin, il sortit, courut retenir une place dans la malle de Marseille, prit son passeport, alla prendre de l'argent chez son notaire, et, à onze heures et demie, il était de retour.

À midi, Edmond arriva.

« Tu pars toujours ?

– Tu vois ! dit Édouard en montrant ses malles à moitié faites.

– Ainsi, je puis faire apporter tout ce que j'ai ici ?

– Parfaitement.

– Je resterai jusqu'à six heures avec toi ; je t'accompagne à la malle-poste.

– Très bien. »

Edmond se mit, tout radieux, à visiter son nouvel appartement. Quand il fut arrivé au cabinet de toilette :

« Ah ! voilà cette fameuse planche ? dit-il.

– Oui.

– Ah ! je comprends, tu l'appuyais sur les deux rebords et tu allais ton train ; heureux gaillard, va ! Et c'est à minuit que tu allais en face ?

– Oui.

– Tu donnais un signal ?

– Non. J'ouvrais ma fenêtre, elle ouvrait la sienne, et je passais.

– Mais si on t'avait vu ?

– Il n'y avait de lumière ni chez elle ni chez moi, et, d'ailleurs, la maison n'est pas habitée. La chambre où elle me recevait est détachée des autres appartements, et sa tante habite l'autre partie de l'hôtel. »

Quand les malles furent faites, les deux amis sortirent ensemble.

« Je pars, dit Édouard au portier. Monsieur gardera mon logement pendant mon absence. Je serai de retour dans quatre mois. D'ailleurs, il y en a six de payés.

– Oui, monsieur. Voici une lettre qui vient d'arriver.

– Donnez. »

Édouard reconnut l'écriture d'Herminie.

« Elle me recommande de ne pas manquer ce soir, dit-il à Edmond après avoir lu la lettre. Ce soir, je serai à vingt lieues [1] de Paris ! »

À six heures, en effet, Édouard était parti.

À minuit, Edmond, installé dans son nouveau logement, passa dans le cabinet et ouvrit la fenêtre. Celle d'Herminie s'ouvrit du même coup. Il faisait un brouillard à ne pas voir un mur. Il prit la planche, la fit glisser et sentit qu'une main prenait l'autre bout.

---

1. ***Lieues*** : la lieue est une ancienne unité de distance, égale à environ quatre kilomètres.

« Enfin ! pensa-t-il, voilà une femme ! C'est bien le diable si je ne réussis pas, cette fois, à me faire adorer. »

Et il se mit à enjamber la planche, non sans un certain battement de cœur. Au bout d'un instant, il sentit une main qui l'empêchait d'avancer davantage, et il entendit une voix qui lui disait :

« Vous savez ce que je vous ai dit la première fois que je vous ai vu ?

– Quoi donc ?

– Que, si vous parliez jamais de moi, je vous tuerais ! Je tiens parole ! »

Et, au même moment, la jeune femme repoussa la planche, qui tomba, étouffant dans le bruit de la chute le dernier cri d'Edmond.

*
* *

Quatre mois après, comme il l'avait dit, Édouard était de retour. En arrivant dans sa rue, il vit qu'on démolissait l'hôtel d'Herminie. Il demanda si Edmond était chez lui. Alors le portier lui raconta que, le lendemain de son départ, on avait trouvé le cadavre de son ami dans la cour avec une planche qui, en tombant, lui avait brisé la tête.

– On n'a jamais su ce qu'il voulait faire avec cette planche, ajouta le portier.

Édouard devina tout et resta stupéfait.

– Et pourquoi démolit-on l'hôtel à côté ? demanda-t-il.

– Parce que mademoiselle Herminie, en partant, il y a trois mois, pour l'Italie, l'a vendu et que le nouveau propriétaire vient de le revendre pour que l'on puisse percer une rue à cet endroit-là.

Édouard était comme un fou. Il monta chez lui, trouva tout dans le même état, revit la fenêtre, qu'on n'avait pas encore abattue, telle qu'il l'avait laissée, s'habilla, sortit, courut chez Marie et y trouva juste les mêmes personnes qu'il y avait trouvées six mois auparavant, époque à laquelle nous avons commencé cette histoire. Seulement, au lieu du lansquenet, on faisait un vingt-et-un[1].

Voilà tout ce qu'il y avait de changé dans la vie de son ancienne maîtresse.

1. ***Vingt-et-un*** : jeu de cartes.

Marie

(1826)

Toute la réparation due à ceux que l'on outrage est de les tuer, et toute offense est également lavée dans le sang de l'offenseur et de l'offensé. Dites, si les loups savaient raisonner, auraient-ils d'autres maximes [1] ?

J.-J. ROUSSEAU [2], *La Nouvelle Héloïse*.

---

1. ***Maximes*** : sentences servant de règles de vie.
2. ***Jean-Jacques Rousseau*** (1712-1778) : philosophe et homme de lettres, il est notamment connu pour la dénonciation qu'il fait de la vie en société par rapport à l'innocence de la nature et de la vie champêtre.

Paris, ce 15 mars 1826.

Aussitôt que tu auras reçu cette lettre, mon cher Gustave, prends la poste[1], et viens me joindre à Paris. Point de retards, que rien ne t'arrête, j'ai besoin de toi pour une affaire de sang, une affaire que la mort peut seule terminer.

Tu te rappelles sans doute Alfred de Linar, avec lequel nous sommes restés quatre ans au collège ; tu dois te souvenir aussi que son caractère faux et querelleur[2] n'était pas souvent en harmonie avec le nôtre. Le hasard m'a fait descendre, à mon arrivée à Paris, à l'hôtel de Castille, rue de Richelieu, où il loge, et là nous avons renouvelé connaissance ; c'est maintenant un fort joli garçon de vingt-quatre ou vingt-cinq ans, tout à fait lancé dans ce qu'on appelle le grand monde, et qui, avec ses dix mille livres[3] de rentes[4], ne s'est pas cru obligé de se créer d'autres occupations que celles de monter à cheval le matin, d'aller au tir de Lepage à midi, à la salle d'armes de Bertrand le soir, et la nuit dans quelque salon, où souvent le jour le retrouve

---

1. ***Prends la poste*** : ici, l'expression signifie qu'il doit prendre la chaise de poste (voir note 4, p. 71) pour venir très rapidement.
2. ***Querelleur*** : voir note 1, p. 16.
3. ***Livres*** : ici, francs.
4. ***Rentes*** : revenus réguliers obtenus sans travailler.

encore assis devant une table d'écarté[1]. C'est lui-même qui a pris le soin de m'instruire de tous ces détails, que je connaissais une heure après mon arrivée ; en outre il ne m'a pas laissé ignorer qu'au pistolet il manquait rarement la mouche[2], et à l'épée touchait nos meilleurs maîtres. Quoique ces deux exercices ne me soient pas étrangers, et que je m'y croie peut-être aussi fort que lui, je refusai de les partager ; je n'aime point à faire publiquement parade[3] d'une adresse qui n'a pour but que de détruire son semblable : j'y trouve quelque chose de cruel. Je n'acceptai donc de ses offres que celle qu'il me fit hier, de me conduire à un grand bal que donnait M. le comte de T. ; la curiosité l'emporta sur la répugnance que j'éprouvais, je ne sais pourquoi, à recevoir de lui ce léger service. Je ne m'étendrai pas sur cette soirée, je dis soirée, car je ne donnerai pas le nom de bal à un rassemblement, à une cohue de douze à quinze cents personnes, d'autant plus qu'il fut impossible, je crois, d'y former de toute la nuit une seule contre-danse ; du reste, toutes les ressources de l'art avaient été épuisées pour cette fête. Après y avoir passé deux heures, heurté par les uns, coudoyé par les autres, froissé par tous, j'allai prendre congé d'Alfred, qui ne put revenir avec moi ; il était en veine[4] en ce moment, et voulait l'épuiser. Je sortis avec autant de peine peut-être que j'en avais eue à entrer, et comme le temps était beau, et que minuit venait à peine de sonner, je me décidai, et pour me

1. ***Écarté*** : jeu de cartes à la mode au XIXe siècle.
2. ***La mouche*** : le point noir au centre d'une cible que l'on vise lorsqu'on tire avec un pistolet ou un fusil.
3. ***Faire [...] parade*** : se vanter, étaler une qualité.
4. ***Il était en veine*** : il était chanceux.

remettre du bruit que j'avais entendu, et de la fatigue que je venais d'éprouver, à faire à pied le trajet qui me séparait de la rue de Richelieu.

Je quittais la rue du Bac, et j'étais parvenu aux deux tiers à peu près du pont des Tuileries, quand je fus croisé par une femme qui, malgré la pelisse [1] dont elle était enveloppée, me parut jeune et extrêmement agitée : elle marchait rapidement, et quelques sanglots que je crus entendre me firent retourner. Elle m'avait déjà dépassé de plusieurs pas, lorsqu'elle s'arrêta à son tour, et parut examiner si personne ne pouvait la voir. Mon immobilité et le trouble qu'elle éprouvait empêchèrent sans doute qu'elle ne m'aperçût ; alors elle s'approcha vivement du parapet [2], à l'endroit où la rivière est la plus profonde, rejeta sur ses épaules la coiffe [3] de sa pelisse, et les rayons de la lune vinrent éclairer un visage angélique, que baignaient des ruisseaux de larmes ; vivement ému, je fis un pas pour m'approcher, elle m'aperçut, et soudain, se penchant sur le parapet, elle se précipita dans la rivière.

Rejeter mon manteau, et ceux de mes vêtements qui pouvaient me gêner pour nager, m'élancer après elle, en jetant un dernier cri : « Au secours ! » tout cela fut fait en moins de temps que je n'en ai mis à te le raconter. Je plongeai d'abord, en suivant le courant, du côté vers lequel je pensais qu'il l'avait entraînée, puis revenant presque aussitôt sur l'eau, je regardai autour de moi ; au premier instant je n'aperçus rien, mais bientôt je distinguai à ma droite un léger frémissement, peu à peu les vagues devinrent plus

1. ***La pelisse*** : le manteau doublé de fourrure.
2. ***Du parapet*** : de la barrière dressée le long d'un pont.
3. ***Coiffe*** : ici, capuche.

fortes, elles s'entr'ouvrirent enfin, et un objet que je ne pus distinguer, tourbillonna un instant et disparut. C'était assez cependant pour m'indiquer la place où je devais chercher la jeune fille; je replongeai dans la même direction, et, après quelques brasses, je la sentis rouler au-dessous de moi. Je n'eus donc qu'à étendre la main pour la saisir, et je la ramenai au-dessus de l'eau, en la soutenant par les longues tresses de ses cheveux. Elle était tout à fait évanouie, et je n'en fus que plus certain de la sauver; je nageai alors vers une barque qui était venue à mes cris, elle nous reçut à bord, et en un instant nous conduisit au rivage. Déjà le poste[1] voisin s'y était rendu, et le peu de personnes qui passaient à cette heure s'étaient rassemblées autour de lui; mes habits avaient été rapportés à l'endroit vers lequel on voyait que j'allais aborder. Je pus donc à l'instant récompenser les mariniers qui m'avaient aidé à sauver ma belle inconnue. Néanmoins j'étais assez embarrassé, je ne savais ni son nom ni son adresse : j'ignorais même si elle existait encore; je résolus à tout hasard de la transporter à l'hôtel que j'habitais, et de lui faire prodiguer les secours les plus urgents. L'officier du poste s'y opposa d'abord, mais lorsqu'il connut mon intention, et qu'à l'inspection de mon passeport il vit qui j'étais, il me laissa libre, et se retira avec sa troupe; bientôt une voiture[2] vide passa sur le quai, j'y portai mon fardeau, et en un instant nous fûmes arrivés.

On fit d'abord quelques difficultés pour recevoir une femme évanouie que l'on ne connaissait pas. Une pièce

1. ***Poste*** : ici, soldat chargé d'une mission de surveillance.

2. ***Voiture*** : voir note 1, p. 53.

d'or leva tous les obstacles, et me valut en outre la promesse que dans cinq minutes j'aurais une chambre bien chauffée, et dans un quart d'heure le meilleur médecin du quartier. Ces deux conditions furent exactement remplies, et lorsque le docteur arriva, il trouva la malade couchée, et ne tarda pas à acquérir la certitude qu'elle existait encore. J'entrai alors, et pour la première fois j'eus le loisir de l'examiner. C'était une jeune fille de seize à dix-huit ans, qui avait dû être parfaitement belle, mais dont le malheur avait déjà flétri [1] les traits. Ses habits, déposés près d'elle, étaient simples plutôt qu'élégants ; on les avait visités [2], et l'on n'y avait trouvé nul renseignement, et sur ce qu'elle pouvait être, et sur le motif qui l'avait portée à l'acte de désespoir dont j'avais été le témoin. Le médecin m'assura du reste qu'elle serait bientôt en état de répondre elle-même à mes questions. La circulation de son sang, qui devenait plus active, et ses joues pâlies qui commençaient à reprendre leurs couleurs, annonçaient que son évanouissement allait cesser. Je fis éloigner les étrangers, dont les regards curieux auraient pu l'intimider ; et nous restâmes seuls près d'elle. Penché sur son lit, j'attendais avec impatience quelque signe de son retour à la vie : enfin elle soupira, son haleine s'échappa librement de sa poitrine, ses yeux s'ouvrirent !

« Où suis-je ! » dit-elle en se soulevant à demi, et en regardant autour d'elle ; mais soudain, apercevant deux étrangers, elle ramena précipitamment le drap sur son sein à demi découvert, et elle retomba sur le lit.

« Pardon, continua-t-elle, il me semble que je viens de faire un songe long et douloureux : je me réveille, et cet

---

1. ***Flétri*** : voir note 2, p. 11.
2. ***On les avait visités*** : on les avait fouillés.

ameublement, qui m'est étranger, cette chambre, qui m'est inconnue…

– Tranquillisez-vous, Madame, lui répondis-je aussitôt, j'aurai pour vous les soins et le respect d'un frère ; et dès que votre état vous permettra de vous rendre à votre demeure, je m'empresserai moi-même de vous y reconduire.

– Je suis donc malade ? » reprit-elle d'un air étonné.

Puis, rassemblant ses idées, elle s'écria tout à coup :

« Oh oui ! Oui ! Je me souviens de tout, j'ai voulu… »

Un cri d'effroi lui échappa :

« Et c'est vous, vous, monsieur, qui m'avez sauvée sans doute : je vous ai entrevu un moment, et je vous reconnais. Ah ! Si vous saviez quel service funeste[1] vous m'avez rendu, quel avenir de douleurs votre généreux dévouement pour une inconnue a rouvert devant elle !

À ces mots, elle couvrit ses yeux de ses mains, et je vis des pleurs ruisseler entre ses doigts. Le médecin me fit un signe, j'allai à lui.

« Il n'y a plus de danger, me dit-il tout bas, à moins que l'état dans lequel elle se trouve n'amène quelque accident que je ne puis prévoir.

– Que voulez-vous dire ? répondis-je, et que pouvez-vous craindre maintenant ?…

– Eh ! quoi, vous ne vous êtes pas aperçu, reprit-il, puis, baissant encore la voix : elle est enceinte. » À ces derniers mots, un trait de lumière traversa mes esprits ; je devinai les motifs de son désespoir, les paroles qu'elle avait prononcées cessèrent d'être énigmatiques pour moi, et je vis

1. ***Funeste*** : voir note 1, p. 6.

encore une victime de la ruse et de la séduction. Le docteur sortit, je me rapprochai d'elle ; cette femme m'inspirait le plus vif intérêt ; on n'a pas l'habitude du vice [1], lorsqu'une faute nous conduit au désespoir. Je tentai de la consoler.

« Ah ! si vous saviez, me dit-elle, en sanglotant.

– Je sais tout, lui répondis-je. Étonnée, elle se souleva une seconde fois, laissa retomber ses mains et me regarda fixement.

– Oui, ajoutai-je, vous aimez, vous avez été trahie, abandonnée. »

Elle semblait dévorer mes paroles.

« Oui, répéta-t-elle après moi, oui, j'aimais, oui, j'ai été indignement trahie, lâchement abandonnée, insultée !

– Eh bien ! lui dis-je, confiez-moi tous vos chagrins, ce n'est pas la curiosité qui me guide ; il me semble que déjà je ne dois plus être un étranger pour vous.

– Oh non ! interrompit-elle avec feu, car vous avez exposé pour moi des jours que le bonheur embellissait, que la douleur n'avait pas flétris ; vous êtes un ami, un frère ; je ne vous connais que depuis peu d'instants, mais cependant vous, je le crois, vous n'avez jamais trahi ni insulté une faible femme qui n'a d'autre vengeance que ses larmes, d'autre ressource que son désespoir. Oui, vous saurez tout, mais auparavant il faut que je remplisse un devoir sacré. Mon père, mon pauvre père, il connaît maintenant la résolution que j'avais prise, il croit que je l'ai exécutée. Je vais lui écrire de suite, et si vous permettez ?

– Qu'il vienne ! Qu'il vienne, m'écriai-je ; eh ! Quel serait l'homme assez barbare pour retarder d'un instant,

1. ***Vice*** : disposition à faire le mal.

d'une seconde, les embrassements d'un père et d'une fille, qui croyaient être séparés pour toujours ! »

En disant ces mots, je mettais devant elle de l'encre, du papier et des plumes [1], elle s'en saisit avidement ; alors elle ne songeait plus qu'elle était à demi-nue ; la pudeur avait fait place à un sentiment plus respectable encore peut-être. Elle n'écrivit que quelques mots, puis me demanda l'adresse de la maison où elle se trouvait.

« Hôtel de Castille, rue de Richelieu », répondis-je.

À ces mots elle poussa un cri, la plume, la lettre, tout lui échappa des mains ; mais presque aussitôt elle se remit.

« C'est peut-être le ciel qui m'y a conduite, ajouta-t-elle avec un sourire mélancolique [2]. »

Et elle acheva sa lettre, la cacheta [3], et me la donna sans s'appesantir davantage sur cette dernière circonstance. Je sonnai mon domestique, lui ordonnai de seller un cheval, et de porter à toute bride ce billet à son adresse.

Lorsqu'il fut sorti :

« Vous attendez, me dit-elle, que je vous raconte mes aventures, je vous l'ai promis : elles sont courtes ! Il y a huit mois la pauvre Marie était encore heureuse. J'avais seize ans ; mon père, ancien officier, avait fait toutes les campagnes de l'Empire [4] ; attaché au maître sous lequel il avait vu se développer sa carrière militaire, il ne put se résoudre à l'abandonner au jour de sa chute, l'accompagna

1. ***Plumes*** : voir note 1, p. 43.

2. ***Mélancolique*** : d'une noble tristesse.

3. ***Cacheta*** : ferma à l'aide d'un cachet de cire.

4. ***Campagnes de l'Empire*** : les guerres menées par l'empereur Napoléon Ier.

dans son exil, et bientôt revint avec lui. Le canon de Waterloo[1] renversa une seconde fois les projets ambitieux du chef, et les espérances moins fastueuses du soldat; une seconde fois mon père fut forcé de s'exiler. Il m'avait laissée à Paris, dans une pension dont il avait payé quelques années d'avance, et où il me retrouva le jour où la clémence[2] d'un nouveau souverain permit aux nombreux bannis[3] de fouler le sol de cette patrie qui leur était si chère, et pour laquelle leur sang avait coulé tant de fois. Mais nous n'avions plus de fortune, une retraite était due aux longs services de mon père, sept ans il la sollicita en vain. J'utilisai alors quelques talents que je devais à mon éducation : je donnai des leçons de peinture et de musique, et, malgré ma grande jeunesse, je parvins à trouver assez d'écolières pour vivre avec mon père, sinon dans l'aisance, du moins dans un état supportable. Il eût été heureux si, bourrelé de ses souvenirs[4] militaires, il n'eût regretté, en jetant les yeux sur sa croix et son épée suspendues au lambris[5], sa carrière militaire interrompue au moment où elle allait devenir plus brillante. Pour moi, cette position me paraissait le bonheur; je ne désirais, je ne demandais rien, que de la voir durer éternellement. Lorsqu'un soir que mon père rentrait plus tard que d'habitude, il entendit, dans une rue obscure et voisine de la nôtre, des cris étouffés, que suivit bientôt un coup de feu. Il y courut, et aperçut un

1. ***Canon de Waterloo*** : voir note 1, p. 74.
2. ***La clémence*** : le sentiment de générosité qui incite à pardonner aux coupables ou à atténuer leurs peines.
3. ***Bannis*** : personnes expulsées de leur patrie.
4. ***Bourrelé de ses souvenirs*** : tourmenté par ses souvenirs.
5. ***Au lambris*** : au revêtement mural (en bois) des murs.

jeune homme qui se défendait avec courage contre trois assassins : un quatrième était étendu à ses pieds ; mais embarrassé dans les plis de son manteau, il ne pouvait faire usage de sa main gauche, qui était armée d'un second pistolet, et qu'il essayait vainement de dégager ; il allait succomber, lorsque l'arrivée précipitée de mon père fit prendre la fuite à ses trois assaillants. Le jeune homme vint à lui, le remercia du service éminent qu'il lui avait rendu, et accepta l'offre qu'il lui fit de monter un instant chez nous. Il avait été blessé dans sa lutte d'un coup de stylet[1] qui lui avait traversé le bras, et qui, sans être dangereux, le faisait beaucoup souffrir. Jugez de mon effroi, lorsque, déjà inquiète du retard de mon père, je le vis rentrer, ramenant un étranger pâle et couvert de sang. Bientôt on me mit au fait[2], et je repris assez de force pour aider à panser[3] la blessure de l'inconnu. Je ne sais si sa bravoure, la teinte chevaleresque de cette aventure, la manière dont il m'était présenté, causèrent seules l'impression que j'éprouvai ; mais je ressentis, au premier abord, un intérêt puissant pour ce jeune homme. Lui, de son côté, loua beaucoup ma beauté, se félicita d'un événement qui lui procurait l'avantage de nous connaître, nous quitta, en nous demandant la permission de nous revoir ; et, lorsqu'elle lui fut accordée, promit de revenir incessamment nous donner lui-même de ses nouvelles.

Cette nuit ! je ne dormis pas ; rarement un homme avait pénétré dans notre retraite, et s'il en venait quelques-uns, c'étaient de vieux compagnons d'armes de mon père, dont

---

1. ***Stylet*** : petit poignard.
2. ***On me mit au fait*** : on m'expliqua l'affaire.
3. ***Panser*** : soigner.

l'aspect était plus respectable que séduisant. Celui-ci était jeune, beau, et, de plus, blessé ; l'amour, sous le voile de la pitié, entra dans mon pauvre cœur ; je désirai le revoir, et ne le revis que trop tôt ! Que vous dirai-je ? J'étais jeune, innocente, mon père était confiant, il croyait à la délicatesse ; bientôt tout fut oublié : honneur, vertu, hospitalité. Je ne l'accuserai pas de séduction, je ne dirai pas qu'il abusa de mon inexpérience, que mes larmes expièrent [1] amèrement ma faute, aussitôt qu'elle fut commise. Pour me consoler, il me promit qu'après la mort d'un oncle duquel dépendaient sa fortune et son avenir, il demanderait ma main à mon père ; je l'aimais trop pour ne pas ajouter foi à ses promesses. Quelques mois s'écoulèrent ainsi, et bientôt je m'aperçus qu'un nouveau malheur [2] nous menaçait. Je le pressai [3] alors de solliciter le consentement de son oncle ; ma famille était honorable, et le nom de mon père, sans être illustre, était cité avec fierté par tous ceux qui l'avaient connu. Il me répondit d'une manière évasive ; de ce moment ses visites furent plus courtes et plus rares, ses lettres devinrent froides et calculées ; enfin j'étais délaissée que je ne m'en doutais pas encore ; mais bientôt je le vis à peine ; il était brusque, emporté, tout le fatiguait, il finit par ne plus venir. Le temps approchait où je ne pourrais plus cacher ma position à mon père ; je voulus tenter un nouvel effort pour le ramener. Je lui écrivis, c'était hier, qu'il fallait absolument que je le visse, et que je me rendrais chez lui cette nuit. Il me répondit que je pouvais venir ; le misérable ! Je ne trouvai qu'une lettre

1. ***Expièrent*** : réparèrent.
2. ***Un nouveau malheur*** : ici, il s'agit de la grossesse de la jeune fille.
3. ***Le pressai*** : lui demandai avec insistance.

et de l'or ; une lettre, je vous la montrerais, si, comme lui, j'avais abjuré[1] tout sentiment de délicatesse ; une lettre où il osait me proposer d'épouser son valet. Écrasée, anéantie, sans espoir dans l'avenir, sans ressources dans le présent, je ne vis qu'un moyen d'échapper à tant de calamités, je l'adoptai à l'instant ; je ne pensai plus à mon père que pour lui avouer ma faute, et lui faire connaître mon funeste projet. J'oubliai qu'une autre existence était attachée à la mienne ; je ne voyais que le néant ; je n'éprouvais que le besoin d'échapper aux remords et à l'infamie[2]. Vous m'avez épargné un crime, et je crois que ce n'est qu'à ce titre que j'ai le courage de vous en remercier ! »

À peine elle achevait, qu'un bruit violent se fit entendre sur l'escalier. La porte de notre appartement s'ouvrit avec force ; un officier, revêtu de l'ancien uniforme de capitaine de grenadiers[3], les yeux étincelants de rage et de désespoir, entra, traînant après lui un jeune homme pâle d'effroi. Marie poussa un cri de surprise ; car dans le premier elle avait reconnu son père et dans le second son amant, Alfred de Linar, Alfred que deux heures auparavant j'avais quitté dans le salon somptueux du comte de T. le front calme, la bouche riante, comme s'il n'existait pas de remords !

À leur aspect Marie épouvantée étendit vers son père ses mains suppliantes ; un rayon subit de joie brilla sur le visage du vieux militaire. Il n'avait encore reçu que le premier billet de Marie. Il dit quelques mots à l'oreille d'Alfred, qui sortit aussitôt qu'il lui en eut laissé la liberté,

---

1. ***Abjuré*** : abandonné.

2. ***L'infamie*** : la honte.

3. ***Grenadiers*** : sous Napoléon Ier, soldats appartenant à la garde impériale et portant des bonnets à poil.

et s'élança dans les bras de sa fille. Je les laissai seuls et me retirai dans ma chambre. Je n'avais point encore changé de vêtements, et j'étais accablé de fatigue ; je comptais me reposer quelques instants, mais bientôt le père de Marie vint m'y retrouver. Après qu'il m'eut témoigné sa reconnaissance, je lui demandai, comment, n'ayant pas reçu le billet que sa fille lui avait écrit de l'hôtel, il était venu justement dans la maison où elle avait été transportée.

« Ce n'est pas elle que je cherchais, me répondit-il, la vengeance seule m'a conduit à la demeure de cet infâme Alfred. Je l'ai rencontré sur l'escalier, et je l'ai entraîné chez vous par la seule raison que j'y apercevais de la lumière. Maintenant, ajouta-t-il, j'attends de vous un nouveau service. L'affront que m'a fait un lâche ne peut rester impuni : voulez-vous être mon témoin [1] ? »

Sa cause me paraissait trop juste pour refuser cette fonction quelque pénible qu'elle soit. J'acceptai donc, et nous nous rendîmes chez Alfred.

Il nous attendait et paraissait agité d'émotions violentes. Il vint à nous dès qu'il nous aperçut.

« Que me voulez-vous encore ?... dit-il au capitaine, votre famille me poursuivra-t-elle partout ?

– Oui, partout, répondit le vieux militaire en se contraignant à peine ; partout jusqu'à ce qu'enfin tu m'aies rendu raison de ton infâme conduite.

– Tu veux satisfaction ? dit Alfred, plus agité encore. Malheureux ! C'est la mort que tu demandes, ne sais-tu pas ?

1. ***Témoin*** : personne qui règle l'organisation d'un duel.

– Je sais tout, reprit plus froidement le capitaine. Voudrais-tu essayer de m'intimider ? Cela ne serait pas généreux ; ou plutôt ne craindrais-tu point toi-même ?

– Moi craindre ! » s'écria Alfred.

Puis, tirant vivement sa montre :

« Quelle heure choisis-tu ?

– Le point du jour.

– Le lieu ?

– Le plus proche.

– Les armes ?

– Le pistolet.

– À la porte Maillot, alors, et à cinq heures.

– Soit, je ne te ferai pas attendre. »

Il en était trois [1] : nous rentrâmes chez moi ; le capitaine me demanda la permission d'écrire quelques lettres, et moi je me jetai tout habillé sur mon lit.

À quatre heures il me réveilla, il avait vu mes pistolets suspendus à la cheminée, et les tenait déjà entre ses mains. Je sonnai mon domestique et lui ordonnai de mettre les chevaux à la voiture ; pendant ce temps nous passâmes chez Marie, elle dormait heureuse, tranquille ; son père lui avait pardonné, son père qui peut-être ! Le vieux soldat s'inclina sur elle, appuya ses lèvres sur son front paisible, la regarda un instant avec un sourire plein de tristesse, et je vis quelques larmes silencieuses s'échapper lentement de ses yeux. Moi-même j'étais fortement ému par ce spectacle. Il se retourna de mon côté :

« Il y avait longtemps que je n'avais pleuré, me dit-il ; la dernière fois, c'était un homme que je quittais [2]. »

---

1. ***Il en était trois*** : il était trois heures.

2. ***C'était un homme que je quittais*** : il fait ici référence à l'abdication de Napoléon Ier et à son départ pour Sainte-Hélène.

Il leva les yeux au ciel.

« Et je ne l'ai pas revu, ajouta-t-il avec un soupir douloureux. »

Je n'eus pas de peine à deviner sa pensée. La pendule sonna quatre heures et demie. Il était temps de partir. Le capitaine se rapprocha une seconde fois du lit de sa fille, murmura quelques paroles d'adieu et de bénédiction, et, faisant un violent effort sur lui-même :

« Je suis prêt, dit-il, partons ! »

Nous descendîmes, la voiture nous attendait ; un quart d'heure après, nous étions à la porte Maillot.

Nos adversaires n'étaient point encore arrivés, ils ne se firent cependant pas attendre : à peine quelques minutes s'étaient-elles écoulées que la voiture qui les renfermait s'avança rapidement, et nous joignit. Nous nous enfonçâmes dans le bois et bientôt nous trouvâmes un endroit tel que nous le désirions. J'ai toujours remarqué que rien n'est plus tôt terminé que les préparatifs d'un duel à mort ; les nôtres ne furent pas longs. Je présentai les pistolets, on les examina. À titre d'offensé, le capitaine avait le droit de régler la distance et le mode du combat. Je connaissais ses intentions ; il fut décidé que les adversaires marcheraient l'un sur l'autre, et tireraient à volonté.

Nous fîmes signe alors au capitaine et à Alfred de venir nous joindre. Le capitaine était calme et froid ; Alfred au contraire affectait une gaieté ironique. On lui montra les pistolets, il les examina avec une négligence apparente, mais avec une attention réelle.

« Vous savez, dit-il, que je tire également bien avec tous, ainsi, messieurs, chargez, chargez. »

Il aperçut alors le capitaine dont le calme contrastait avec sa pétulance[1].

« Ah ! voici notre adversaire, dit-il, à demi-voix à son témoin. Il a l'air bien sérieux pour un ancien militaire... »

Celui-ci l'entendit, et saisissant son bras :

« Oui, je suis sérieux, lui dit-il, d'un ton solennel. Je suis sérieux ; car, dans un instant, l'un de nous paraîtra sur le seuil de l'éternité ; et malheur alors à celui qui aura sur le cœur des larmes et du sang qu'il aura fait inutilement couler ! »

Les armes étaient prêtes, nous les mîmes dans un chapeau. Chaque adversaire tira la sienne, et se plaça à trente pas de distance de son antagoniste. Au signal convenu, ils marchèrent l'un contre l'autre, et j'avoue que ce n'était pas sans une palpitation croissante que je les vis se rapprocher progressivement au point de n'être plus séparés que de quelques pieds[2] ; enfin le capitaine tira le premier, l'amorce seule brûla[3] ; un sourire amer sillonna son visage. Alfred avança encore un pas, fit feu à son tour, presque à bout portant, et atteignit son adversaire au milieu de la poitrine.

Il tomba le vétéran d'Austerlitz et de Marengo[4], qu'avaient quinze ans respecté la mitraille et les boulets ennemis ; il tomba, frappé par la main d'un jeune homme qui n'avait encore rien fait pour la patrie ! Mais, au milieu

---

1. *Pétulance* : vivacité.

2. *Pieds* : voir note 1, p. 12.

3. *L'amorce seule brûla* : dans les anciens pistolets ou fusils, l'amorce, constituée de poudre à canon, permettait de faire partir le coup. Le pistolet n'a donc pas tiré.

4. *D'Austerlitz et de Marengo* : célèbres batailles menées par Napoléon Ier.

des convulsions de la mort, il se releva pâle et sanglant, comme un spectre ; ses lèvres tremblèrent quelques mots que l'on ne put entendre, et sa main, étendue vers le ciel, sembla en s'abaissant sur l'assassin, dévouer sa tête à la vengeance divine, puis il retomba une seconde fois pour ne se relever jamais !

« Voilà donc comme le ciel est juste ! » m'écriai-je.

Je saisis avec un mouvement de rage la main d'Alfred :

« Demain, lui dis-je, ici, à cette place, à la même heure…, c'est moi qui lui succéderai.

– Eh bien ! me dit-il, avec un sourire infernal, demain ce sera ton tour. »

Viens donc, mon cher Gustave, viens donc, je t'attends, car, ainsi que tu le vois, c'est une affaire de sang et de mort * !

* *Extrait du journal du 17 mars 1826.*

« Un duel acharné a eu lieu hier au bois de Boulogne. Les adversaires se sont battus à l'épée, et ont été blessés tous deux. Le combat a recommencé à plusieurs reprises, malgré les efforts des témoins pour les séparer. L'un d'eux enfin est tombé expirant, et est mort au bout de quelques minutes. Son nom, que nous sommes autorisés à faire connaître, est Alfred de Linar. » (Note de l'Auteur)

DOSSIER

Avez-vous bien lu ?

« Une amazone »

1. Dans quelle ville et à quelle époque prend place la nouvelle de Dumas ?

2. Qui raconte l'histoire ? S'agit-il d'un des personnages de la nouvelle ?

3. À quel moment Édouard aperçoit-il pour la première fois Herminie ? Quel portrait est alors dressé de la jeune fille ? En quoi annonce-t-il la suite de l'histoire ?

4. Quand la première rencontre entre Édouard et Herminie a-t-elle lieu ? Qu'est-ce qui paraît étonnant dans l'attitude d'Herminie face à Édouard ?

5. Relisez le premier dialogue entre Herminie et Édouard (p. 60-63). Qu'est-ce que ce dialogue nous apprend des deux personnages ?

6. Au chapitre 3 (p. 60-69), quel « pacte amoureux » les deux personnages contractent-ils ? Qui est à l'initiative de ce pacte ?

7. Au chapitre 5, Édouard franchit le vide qui sépare son appartement de celui d'Herminie. Analysez comment cette traversée ainsi que la première rencontre à visage découvert entre les deux personnages sont érigées en actes héroïques, tout en étant moquées par le narrateur.

8. En quoi le dénouement de la nouvelle constitue-t-il une chute inattendue ? Quels éléments, depuis le début du récit, l'ont pourtant annoncée ?

« Marie »

1. Rappelez quels sont les noms des personnages principaux de l'histoire.

2. Quel portrait de la jeune fille le narrateur dresse-t-il ?

3. Délimitez le début et la fin du récit enchâssé[1] de Marie, et résumez cette « histoire dans l'histoire » en quelques lignes.

4. Qui se bat en duel ? Pour quelles raisons ?

Parcours de lecture

PARCOURS DE LECTURE N° 1 : le portrait d'Édouard (« Une amazone », p. 46-47)

Relisez le texte de « Quant à Édouard » à « lui étaient fort reconnaissants » (l. 180-227), puis répondez aux questions suivantes.

Un personnage paradoxal[2]

1. Quelle est la particularité de l'énonciation dans le choix des pronoms fait par le narrateur au début de la description ? Quel effet ce choix d'énonciation produit-il sur le lecteur ?

2. Relevez les premiers adjectifs qui qualifient le jeune homme. À quel type de description pouvons-nous nous attendre ?

3. Relevez les caractéristiques qui font d'Édouard un personnage paradoxal. Vous analyserez en particulier la façon dont les deux champs lexicaux de la joie et de la tristesse se trouvent liés dans la description faite du personnage.

Portrait physique, portrait moral

1. Quelles expansions nominales (adjectifs, noms communs, propositions subordonnées relatives) portent sur la description physique

1. ***Récit enchâssé*** : récit secondaire fait dans le cadre d'un premier récit (récit enchâssant). On parle aussi d'une histoire dans une histoire.
2. ***Paradoxal*** : surprenant, contradictoire.

du personnage ? Quelles remarques pouvez-vous faire sur ce portrait physique ?

2. À l'inverse, que pouvez-vous dire du portrait moral d'Édouard, brossé par le narrateur ? Quelle expression résume le caractère du jeune homme ?

3. Relevez les temps principaux utilisés dans la description du personnage. Vous justifierez en particulier les valeurs de chacun des temps utilisés dans le passage allant de « Si bien qu'il avait, sans douleur présente » à « dans sa solitude momentanée » (l. 191-204).

PARCOURS DE LECTURE N° 2 : le portrait d'Herminie (« Une amazone », p. 72-75)

Relisez le texte de « Le dernier nom était celui de mademoiselle Herminie » à « on la traite absolument comme un homme » (l. 49-132), puis répondez aux questions suivantes.

Une curieuse apparition

1. Que peut-on déduire du personnage de « mademoiselle Herminie de *** » à la lecture de son nom sur la liste du portier ? Quel est l'effet produit par les « *** » ?

2. Quant au caractère et au physique de la jeune fille, quels sont les premiers éléments qu'Édouard apprend au cours de son dialogue avec le portier ?

3. Quelle caractéristique – étonnante pour l'époque – le portier met-il en valeur dans sa description d'Herminie ?

Faire vrai

1. En quoi cette description, de même que celle d'Édouard analysée précédemment, permet-elle d'apporter du réalisme au récit ?

2. Quels types de phrase retrouve-t-on dans les réponses d'Édouard au portier ? Justifiez le choix de ces modalités de phrase.

3. En quoi le recours au discours direct, par le biais des paroles rapportées du portier, rend-il cette description particulièrement vivante ?

PARCOURS DE LECTURE N° 3 : une femme libre (« Une amazone », p. 87-90)

Relisez le texte de « Je vous aime, fit Édouard » à « qui lui conviendrait » (l. 204-286), puis répondez aux questions suivantes.

L'indépendance du cœur

1. Quelle différence distingue le « mari » de « l'amant », selon Herminie ?

2. Pourquoi la jeune fille refuse-t-elle de se marier ?

3. En quoi sa conception de l'amour est-elle très originale pour l'époque ?

4. Édouard est-il satisfait du discours d'Herminie sur l'amour ? Comment se sent-il considéré par la jeune fille ?

Des amours frivoles [1]

1. Quel préjugé Édouard a-t-il sur les femmes ? Comment le narrateur présente-il ce jugement ?

2. Quel champ lexical est développé par le narrateur lorsqu'il s'agit d'évoquer les anciennes relations amoureuses d'Édouard ?

3. Pourquoi chacun des deux personnages prétend-il être « libre » ? Le sont-ils réellement, selon vous ?

---

1. ***Frivoles*** : voir note 1, p. 70.

PARCOURS DE LECTURE N° 4 : l'*incipit* d'une nouvelle (« Marie », p. 105-107)

Relisez le texte du début à « elle se précipita dans la rivière » (l. 1-63), puis répondez aux questions suivantes.

Une forme originale

1. En quoi la citation de Rousseau, en exergue au début du chapitre, annonce-t-elle le thème de la nouvelle ?

2. Quelle forme cette nouvelle prend-elle ? Quels éléments vous permettent de le comprendre dès le début de votre lecture ?

3. Quel sera donc le type de narrateur et de point de vue employé dans le texte ?

La mise en place des éléments de l'intrigue

1. Qu'est-ce que le lecteur apprend, dans les premières lignes, sur les différents personnages, sur l'intrigue à venir, sur les lieux et le moment durant lesquels l'histoire prend place ? En quoi ces informations apportent-elles une part de réalisme au récit ?

2. Quel champ lexical est développé dans ce début de nouvelle, en particulier par le biais de la description d'Alfred de Linar ?

3. Quel est l'élément qui vient enclencher le début du récit à proprement parler ? Analysez le changement de rythme dans le récit.

Une jeune femme en péril

1. Analysez les temps et leur valeur, dans le passage allant de « Je sortis avec autant de peine peut-être que j'en avais eue à entrer » à « de la rue de Richelieu » (l. 42-47).

2. Quelle description le narrateur fait-il de la jeune femme ? Relevez en particulier les expansions nominales qui permettent de décrire la demoiselle et son attitude.

3. En quoi cette description suscite-t-elle la curiosité du lecteur ?

Les représentations de la femme au XIXe siècle

(groupement de textes n° 1)

L'égalité de droit entre les hommes et les femmes est un combat mené depuis longtemps par les intellectuels, les politiques et les écrivains. Si le statut des femmes a évolué au XVIIIe siècle grâce, notamment, à l'engagement des philosophes des Lumières [1], le Code civil, instauré par Napoléon en 1804, est un impressionnant retour en arrière. Au XIXe siècle, les femmes ont ainsi une obligation de soumission à leur époux ou à leur père alors même que, pour beaucoup d'entre elles, leur désir d'indépendance s'affirme de plus en plus.

Napoléon Ier, Code civil (1804)

En 1804, le Code civil restreint légalement les droits des femmes mariées. Leur place dans la société est définie ainsi, article 1124 : « Les personnes privées de droits juridiques sont les mineurs, les femmes mariées, les criminels et les débiles mentaux. » La femme mariée dépend donc entièrement de son époux. Parmi les interdictions faites aux femmes, on relève :

- l'interdiction d'accès aux lycées et aux universités ;
- l'interdiction de signer un contrat, de gérer ses biens ;
- l'exclusion totale des droits politiques ;
- l'interdiction de travailler sans l'autorisation du mari ;
- l'interdiction de toucher elle-même son salaire ;
- l'interdiction de voyager à l'étranger sans autorisation.

---

1. *Les Lumières* : mouvement du XVIIIe siècle regroupant des penseurs qui, à travers l'Europe, combattaient les préjugés et cherchaient à accroître le savoir.

Par ailleurs, le mari a un droit de contrôle sur la correspondance et les relations de sa femme.

[Les droits des femmes dans le Code civil]

108. La femme mariée n'a point d'autre domicile que celui de son mari.

213. Le mari doit protection à sa femme, la femme obéissance à son mari.

214. La femme est obligée d'habiter avec le mari, et de le suivre partout où il juge à propos de résider : le mari est obligé de la recevoir, et de lui fournir tout ce qui est nécessaire pour les besoins de la vie, selon ses facultés et son état.

229. Le mari pourra demander le divorce pour cause d'adultère de sa femme.

230. La femme pourra demander le divorce pour cause d'adultère de son mari, lorsqu'il aura tenu sa concubine[1] dans la maison commune.

298. Dans le cas de divorce admis en justice pour cause d'adultère, l'époux coupable ne pourra jamais se marier avec son complice. La femme adultère sera condamnée par le même jugement et sur la réquisition du ministère public, à la réclusion dans une maison de correction, pour un temps déterminé, qui ne pourra être moindre de trois mois, ni excéder deux années.

776. Les femmes mariées ne peuvent pas valablement accepter une succession sans l'autorisation de leur mari ou de justice, conformément aux dispositions du chapitre VI du titre *Du mariage*.

1388. Les époux ne peuvent déroger [...] aux droits résultant de la puissance maritale sur la personne de la femme et des enfants ou qui appartiennent au mari comme chef [...].

1421. Le mari administre seul les biens de la communauté.

Il peut les vendre, aliéner[2] et hypothéquer sans le concours de la femme.

---

1. *Concubine* : maîtresse, amante.
2. *Aliéner* : céder, abandonner.

1428. Le mari a l'administration de tous les biens personnels de la femme.

Il peut exercer seul toutes les actions mobilières et possessoires qui appartiennent à la femme.

1530. La clause portant que les époux se marient, sans communauté [1], ne donne point à la femme le droit d'administrer ses biens, ni d'en percevoir les fruits [2] : ces fruits sont censés être apportés au mari pour soutenir les charges du mariage.

Code civil, dit « Code Napoléon »,
Impr. de la République, 1804 (gallica.bnf.fr).

George Sand, *Indiana* (1832)

George Sand est le pseudonyme d'Aurore Dupin (1804-1876), romancière, auteur dramatique, critique littéraire et journaliste française très prolifique. Elle a marqué son siècle par une écriture engagée en faveur des droits des femmes. Luttant contre les préjugés d'une société conservatrice, elle a fait scandale par sa vie amoureuse mouvementée, sa tenue vestimentaire masculine, dont elle a lancé la mode, et par le choix d'un pseudonyme masculin (George). *Indiana* est le premier roman qu'elle publie sous ce nom. Texte féministe avant l'heure, il met en scène une femme qui bouscule les conventions sociales du XIXe siècle. Dans cet extrait, Indiana (madame Delmare) a voulu fuir le domicile conjugal, mais son cousin Ralph la convainc de retourner chez elle.

[Une femme insoumise]

Quand son mari l'aborda d'un air impérieux [3] et dur, il changea tout d'un coup de visage et de ton, et se trouva contraint devant elle,

1. ***Sans communauté*** : sans que les époux mettent leurs biens en commun.
2. ***Fruits*** : avantages financiers.
3. ***Impérieux*** : autoritaire.

maté[1] par la supériorité de son caractère. Il essaya alors d'être digne et froid comme elle ; mais il n'en put jamais venir à bout.

« Daignerez-vous m'apprendre, madame, lui dit-il, où vous avez passé la matinée et peut-être la nuit ? »

Ce peut-être apprit à madame Delmare que son absence avait été signalée assez tard. Son courage s'en augmenta.

« Non, monsieur, répondit-elle, mon intention n'est pas de vous le dire. »

Delmare verdit de colère et de surprise.

« En vérité, dit-il d'une voix chevrotante, vous espérez me le cacher ?

– J'y tiens fort peu, répondit-elle d'un ton glacial. Si je refuse de vous répondre, c'est absolument pour la forme. Je veux vous convaincre que vous n'avez pas le droit de m'adresser cette question.

– Je n'en ai pas le droit, mille couleuvres ! Qui donc est le maître ici, de vous ou de moi ? Qui donc porte une jupe et doit filer une quenouille[2] ? Prétendez-vous m'ôter la barbe du menton ? Cela vous sied bien, femmelette !

– Je sais que je suis l'esclave et vous le seigneur. La loi[3] de ce pays vous a fait mon maître. Vous pouvez lier mon corps, garrotter[4] mes mains, gouverner mes actions. Vous avez le droit du plus fort, et la société vous le confirme ; mais sur ma volonté, monsieur, vous ne pouvez rien, Dieu seul peut la courber et la réduire. Cherchez donc une loi, un cachot, un instrument de supplice qui vous donne prise sur elle ! C'est comme si vous vouliez manier l'air et saisir le vide !

– Taisez-vous, sotte et impertinente créature ; vos phrases de roman nous ennuient.

– Vous pouvez m'imposer silence, mais non m'empêcher de penser.

---

1. ***Maté*** : dompté.

2. ***Quenouille*** : pièce qui sert à transformer une matière (laine, coton…) en fil. Filer était un travail manuel réservé aux femmes, comme la couture.

3. ***La loi*** : le Code civil, datant de 1804.

4. ***Garrotter*** : attacher.

– Orgueil imbécile, morgue [1] de vermisseau ! Vous abusez de la pitié qu'on a de vous ! Mais vous verrez bien qu'on peut dompter ce grand caractère sans se donner beaucoup de peine.

– Je ne vous conseille pas de le tenter, votre repos en souffrirait, votre dignité n'y gagnerait rien.

– Vous croyez ? dit-il en lui meurtrissant la main entre son index et son pouce.

– Je le crois », dit-elle sans changer de visage.

Ralph fit deux pas, prit le bras du colonel dans sa main de fer, et le fit ployer comme un roseau en lui disant d'un ton pacifique :

« Je vous prie de ne pas toucher à un cheveu de cette femme. »

Delmare eut envie de se jeter sur lui ; mais il sentit qu'il avait tort, et il ne craignait rien tant au monde que de rougir [2] de lui-même. Il le repoussa en se contentant de lui dire :

« Mêlez-vous de vos affaires. »

Puis, revenant à sa femme :

« Ainsi, madame, lui dit-il en serrant ses bras contre sa poitrine pour résister à la tentation de la frapper, vous entrez en révolte ouverte contre moi, vous refusez de me suivre à l'île Bourbon, vous voulez vous séparer ? Eh bien, mordieu [3] ! Moi aussi...

– Je ne le veux plus, répondit-elle. Je le voulais hier, c'était ma volonté ; ce ne l'est plus ce matin. Vous avez usé de violence en m'enfermant dans ma chambre : j'en suis sortie par la fenêtre pour vous prouver que ne pas régner sur la volonté d'une femme, c'est exercer un empire dérisoire [4]. J'ai passé quelques heures hors de votre domination ; j'ai été respirer l'air de la liberté pour vous montrer que vous n'êtes pas moralement mon maître et que je ne dépends que de moi sur la terre. En me promenant, j'ai réfléchi que je devais à mon devoir et à ma conscience de revenir me placer sous votre patronage [5] ; je l'ai fait de mon plein gré. Mon cousin m'a

---

1. ***Morgue*** : insolence.

2. ***De rougir*** : d'avoir honte.

3. ***Mordieu*** : juron (« Par la mort de Dieu »).

4. ***Empire dérisoire*** : pouvoir ridicule, sans valeur.

5. ***Patronage*** : protection.

accompagnée ici, et non pas ramenée [1]. Si je n'eusse pas voulu le suivre, il n'aurait pas su m'y contraindre, vous l'imaginez bien. Ainsi, monsieur, ne perdez pas votre temps à discuter avec ma conviction ; vous ne l'influencerez jamais, vous en avez perdu le droit dès que vous avez voulu y prétendre par la force. Occupez-vous du départ ; je suis prête à vous aider et à vous suivre, non pas parce que telle est votre volonté, mais parce que telle est mon intention. Vous pouvez me condamner, mais je n'obéirai jamais qu'à moi-même.

– J'ai pitié du dérangement de votre esprit, dit le colonel en haussant les épaules. »

Et il se retira dans sa chambre pour mettre en ordre ses papiers, fort satisfait, au-dedans de lui, de la résolution de madame Delmare, et ne redoutant plus d'obstacles ; car il respectait la parole de cette femme autant qu'il méprisait ses idées.

George Sand, *Indiana*, Gallimard,
coll. « Folio classique », 1984.

Gustave Flaubert, *Madame Bovary* (1856)

Gustave Flaubert (1821-1880) est un auteur connu pour ses récits réalistes et sa plume acérée qui épingle les vices de son temps. En 1856, son roman *Madame Bovary*, qui vient de paraître, choque l'opinion et est condamné pour offense à la morale publique et à la religion. Dans celui-ci, le personnage principal, Emma Rouault, est une jeune fille qui a grandi dans un couvent et a lu de nombreux romans. Elle attend beaucoup de son mariage, mais est rapidement déçue par la vie qu'elle mène en province et qu'elle trouve fort ennuyeuse.

1. Indiana précise qu'elle est revenue de son plein gré.

[Une femme insatisfaite]

Elle songeait quelquefois que c'étaient là pourtant les plus beaux jours de sa vie, la lune de miel [1], comme on disait. Pour en goûter la douceur, il eût fallu, sans doute, s'en aller vers ces pays à noms sonores où les lendemains de mariage ont de plus suaves [2] paresses ! Dans des chaises de poste [3], sous des stores de soie bleue, on monte au pas des routes escarpées, écoutant la chanson du postillon [4], qui se répète dans la montagne avec les clochettes des chèvres et le bruit sourd de la cascade. Quand le soleil se couche, on respire au bord des golfes [5] le parfum des citronniers ; puis, le soir, sur la terrasse des villas, seuls et les doigts confondus, on regarde les étoiles en faisant des projets. Il lui semblait que certains lieux sur la terre devaient produire du bonheur, comme une plante particulière au sol et qui pousse mal tout autre part. Que ne pouvait-elle s'accouder sur le balcon des chalets suisses ou enfermer sa tristesse dans un cottage [6] écossais, avec un mari vêtu d'un habit de velours noir à longues basques [7], et qui porte des bottes molles, un chapeau pointu et des manchettes !

Peut-être aurait-elle souhaité faire à quelqu'un la confidence de toutes ces choses. Mais comment dire un insaisissable malaise, qui change d'aspect comme les nuées [8], qui tourbillonne comme le vent ? Les mots lui manquaient donc, l'occasion, la hardiesse [9].

Si Charles l'avait voulu cependant, s'il s'en fût douté, si son regard, une seule fois, fût venu à la rencontre de sa pensée, il lui semblait qu'une abondance subite se serait détachée de son cœur,

---

1. ***Lune de miel*** : période qui suit le mariage.
2. ***Suaves*** : douces et agréables.
3. ***Chaises de poste*** : voir note 4, p. 71.
4. ***Postillon*** : cocher.
5. ***Golfes*** : baies.
6. ***Un cottage*** : une petite maison de campagne.
7. ***Basques*** : pans d'un manteau.
8. ***Nuées*** : nuages.
9. ***La hardiesse*** : le courage.

comme tombe la récolte d'un espalier[1], quand on y porte la main. Mais, à mesure que se serrait davantage l'intimité de leur vie, un détachement intérieur se faisait qui la déliait de lui.

La conversation de Charles était plate comme un trottoir de rue, et les idées de tout le monde y défilaient dans leur costume ordinaire, sans exciter d'émotion, de rire ou de rêverie. Il n'avait jamais été curieux, disait-il, pendant qu'il habitait Rouen, d'aller voir au théâtre les acteurs de Paris. Il ne savait ni nager, ni faire des armes[2], ni tirer le pistolet, et il ne put, un jour, lui expliquer un terme d'équitation qu'elle avait rencontré dans un roman.

Un homme, au contraire, ne devait-il pas tout connaître, exceller en des activités multiples, vous initier aux énergies de la passion, aux raffinements de la vie, à tous les mystères ? Mais il n'enseignait rien, celui-là, ne savait rien, ne souhaitait rien. Il la croyait heureuse ; et elle lui en voulait de ce calme si bien assis, de cette pesanteur sereine, du bonheur même qu'elle lui donnait.

Elle dessinait quelquefois ; et c'était pour Charles un grand amusement que de rester là, tout debout à la regarder penchée sur son carton, clignant des yeux afin de mieux voir son ouvrage, ou arrondissant, sur son pouce, des boulettes de mie de pain[3]. Quant au piano, plus les doigts y couraient vite, plus il s'émerveillait. Elle frappait sur les touches avec aplomb, et parcourait du haut en bas tout le clavier sans s'interrompre. Ainsi secoué par elle, le vieil instrument, dont les cordes frisaient[4], s'entendait jusqu'au bout du village si la fenêtre était ouverte, et souvent le clerc de l'huissier qui passait sur la grande route, nu-tête et en chaussons, s'arrêtait à l'écouter, sa feuille de papier à la main.

Emma, d'autre part, savait conduire sa maison. Elle envoyait aux malades[5] le compte[6] des visites, dans des lettres bien tournées, qui

---

1. ***Espalier*** : treillage qui soutient des fruits.
2. ***Faire des armes*** : voir note 1, p. 72.
3. ***Des boulettes de mie de pain*** : on se servait alors de la mie de pain comme d'une gomme.
4. ***Les cordes frisaient*** : les cordes, usées, produisaient un son tremblotant.
5. Charles, son mari, est médecin.
6. ***Le compte*** : ici, la facture.

ne sentaient pas la facture. Quand ils avaient, le dimanche, quelque voisin à dîner, elle trouvait moyen d'offrir un plat coquet, s'entendait à poser sur des feuilles de vigne les pyramides de reines-claudes [1], servait renversés les pots de confitures dans une assiette, et même elle parlait d'acheter des rince-bouche [2] pour le dessert. Il rejaillissait de tout cela beaucoup de considération sur Bovary.

Charles finissait par s'estimer davantage de ce qu'il possédait une pareille femme. Il montrait avec orgueil, dans la salle, deux petits croquis d'elle à la mine de plomb, qu'il avait fait encadrer de cadres très larges et suspendus contre le papier de la muraille à de longs cordons verts. Au sortir de la messe, on le voyait sur sa porte avec de belles pantoufles en tapisserie.

Gustave Flaubert, *Madame Bovary*, Flammarion, coll. « Étonnants Classiques », 2014, première partie, chapitre VII, p. 100-102.

Guy de Maupassant, *Une vie* (1883)

Maupassant (1850-1893) est un écrivain et journaliste français, ami de Flaubert, pour lequel il avait une grande admiration. Il s'inscrit lui aussi dans le mouvement réaliste qui domine la littérature à la fin du XIXe siècle [3] et plaide pour une intrigue et des personnages qui s'inspirent de la vie réelle. *Une vie* est son premier roman. La misère de Jeanne, le personnage principal, évoque celle d'Emma Bovary. Dans l'extrait qui suit, Jeanne vient de quitter le couvent, à dix-sept ans, et n'a qu'un désir en tête : trouver l'amour.

[Une fille modèle]

Jeanne, sortie la veille du couvent, libre enfin pour toujours, prête à saisir tous les bonheurs de la vie dont elle rêvait depuis si longtemps,

1. ***Reines-claudes*** : prunes.
2. ***Rince-bouche*** : ici, sortes de verres ou de bols, dans lequel on offrait aux invités de l'eau chaude pour se rincer la bouche et le bout des doigts.
3. Voir Présentation, p. 14-18.

craignait que son père hésitât à partir si le temps ne s'éclaircissait pas, et pour la centième fois depuis le matin elle interrogeait l'horizon.

Puis elle s'aperçut qu'elle avait oublié de mettre son calendrier dans son sac de voyage. Elle cueillit sur le mur le petit carton divisé par mois, et portant au milieu d'un dessin la date de l'année courante 1819 en chiffres d'or. Puis elle biffa [1] à coups de crayon les quatre premières colonnes, rayant chaque nom de saint jusqu'au 2 mai, jour de sa sortie du couvent.

Une voix, derrière la porte, appela : « Jeannette ! »

Jeanne répondit : « Entre, papa. » Et son père parut.

Le baron Simon-Jacques Le Perthuis des Vauds était un gentilhomme de l'autre siècle [2], maniaque et bon. Disciple enthousiaste de J.-J. Rousseau [3], il avait des tendresses d'amant pour la nature, les champs, les bois, les bêtes.

Aristocrate de naissance, il haïssait par instinct quatre-vingt-treize [4] ; mais philosophe par tempérament, et libéral [5] par éducation, il exécrait la tyrannie d'une haine inoffensive et déclamatoire [6].

Sa grande force et sa grande faiblesse, c'était la bonté, une bonté qui n'avait pas assez de bras pour caresser, pour donner, pour étreindre, une bonté de créateur, éparse, sans résistance, comme l'engourdissement d'un nerf de la volonté, une lacune dans l'énergie, presque un vice [7].

Homme de théorie, il méditait tout un plan d'éducation pour sa fille, voulant la faire heureuse, bonne, droite et tendre.

Elle était demeurée jusqu'à douze ans dans la maison, puis, malgré les pleurs de la mère, elle fut mise au Sacré-Cœur [8].

---

1. ***Biffa*** : barra.
2. ***De l'autre siècle*** : du XVIIIe siècle, avant la Révolution française.
3. ***Jean-Jacques Rousseau*** (1712-1778) : voir note 2, p. 104.
4. ***Quatre-vingt-treize*** : 1793, année de la Terreur, marquée pendant la Révolution par une extrême violence à l'égard du pouvoir et des aristocrates.
5. ***Libéral*** : ici, favorable aux libertés politiques.
6. ***Déclamatoire*** : exprimée avec exagération.
7. ***Vice*** : voir note 1, p. 111.
8. ***Sacré-Cœur*** : de nombreuses institutions religieuses portaient ce nom à l'époque, parmi lesquelles le couvent jésuite de Rouen.

Il l'avait tenue là sévèrement enfermée, cloîtrée, ignorée et ignorante des choses humaines. Il voulait qu'on la lui rendît chaste à dix-sept ans pour la tremper lui-même dans une sorte de bain de poésie raisonnable ; et, par les champs, au milieu de la terre fécondée, ouvrir son âme, dégourdir son ignorance à l'aspect de l'amour naïf, des tendresses simples des animaux, des lois sereines de la vie.

Elle sortait maintenant du couvent, radieuse, pleine de sèves et d'appétits de bonheur, prête à toutes les joies, à tous les hasards charmants que dans le désœuvrement des jours, la longueur des nuits, la solitude des espérances, son esprit avait déjà parcourus.

Elle semblait un portrait de Véronèse [1] avec ses cheveux d'un blond luisant qu'on aurait dit avoir déteint sur sa chair, une chair d'aristocrate à peine nuancée de rose, ombrée d'un léger duvet, d'une sorte de velours pâle qu'on apercevait un peu quand le soleil la caressait. Ses yeux étaient bleus, de ce bleu opaque qu'ont ceux des bonshommes en faïence de Hollande.

Elle avait, sur l'aile gauche de la narine, un petit grain de beauté, un autre à droite, sur le menton, où frisaient quelques poils si semblables à sa peau qu'on les distinguait à peine. Elle était grande, mûre de poitrine, ondoyante de la taille. Sa voix nette semblait parfois trop aiguë ; mais son rire franc jetait de la joie autour d'elle. Souvent, d'un geste familier, elle portait ses deux mains à ses tempes comme pour lisser sa chevelure.

Elle courut à son père et l'embrassa, en l'étreignant : « Eh bien, partons-nous ? » dit-elle.

Guy de Maupassant, *Une vie*, Flammarion, coll. « Étonnants Classiques », 2016, chapitre I, p. 49-51.

---

1. ***Paolo Caliari***, **dit *Véronèse*** (1528-1588) : peintre italien de la Renaissance.

Questionnaire de lecture

1. Analysez les termes précis employés dans le Code civil pour évoquer les droits et obligations des hommes et des femmes, et expliquez en quoi ce traitement n'est pas égalitaire.

2. Relisez l'extrait d'*Indiana*, et reformulez la manière dont le personnage éponyme[1] conçoit son indépendance. Sur quoi le mari d'Indiana n'aura-t-il jamais de pouvoir, selon elle ?

3. Relevez les points communs entre les textes de Flaubert et de Maupassant quant à l'éducation donnée aux jeunes filles et aux attentes de ces dernières. Vous pourrez analyser plus précisément la rêverie d'Emma au début de l'extrait.

4. Relisez l'extrait de *Madame Bovary.* Quels sont les reproches que celle-ci formule, au discours indirect libre, à l'encontre de son mari ?

5. Dans l'*incipit* d'*Une vie*, les attentes du père concernant l'éducation de sa fille semblent paradoxales[2]. Pourquoi ?

6. Dans l'ensemble des extraits, relevez les passages qui affirment la position de supériorité de l'homme (mari ou père) par rapport à la femme.

---

1. ***Personnage éponyme*** : voir note 2, p. 20.
2. ***Paradoxales*** : voir note 2, p. 126.

Les duels, un sujet romanesque
(groupement de textes n° 2)

Le thème du duel revient souvent dans la littérature française, depuis les romans de chevalerie jusqu'au XIXe siècle. Les auteurs des extraits suivants se sont emparés de ce motif en ces temps où le duel, qui n'est pourtant pas autorisé, continue à ensanglanter les faubourgs de Paris.

Stendhal, *La Chartreuse de Parme* (1839)

Henri Beyle, plus connu sous le pseudonyme de Stendhal (1783-1842), est un écrivain français qui s'inscrit à la confluence des courants romantique et réaliste[1]. Il est l'auteur des romans *Le Rouge et le Noir* (1830) et *La Chartreuse de Parme*, ses œuvres les plus connues. Dans *La Chartreuse de Parme*, le lecteur suit le parcours de Fabrice del Dongo, un jeune homme qui voudrait servir Napoléon mais se voit contraint de devenir prêtre. Malgré ses fonctions au sein de l'Église, Fabrice est amoureux d'une actrice, Marietta. Giletti, l'amant en titre de la jeune femme, jure de tuer Fabrice. Le hasard les fait se rencontrer.

[Il ne peut en rester qu'un]

Au moment où Fabrice passait auprès de la portière ouverte, il entendit Marietta qui lui disait à demi-voix :

« Prends garde à toi ; il te tuera. Tiens ! »

Au même instant, Fabrice vit tomber de la portière une sorte de grand couteau de chasse ; il se baissa pour le ramasser, mais, au même instant il fut touché à l'épaule par un coup d'épée que lui

1. Voir Présentation, p. 12-18.

lançait Giletti. Fabrice, en se relevant, se trouva à six pouces [1] de Giletti qui lui donna dans la figure un coup furieux avec le pommeau [2] de son épée ; ce coup était lancé avec une telle force qu'il ébranla tout à fait la raison de Fabrice ; en ce moment il fut sur le point d'être tué. Heureusement pour lui Giletti était encore trop près pour pouvoir lui donner un coup de pointe. Fabrice, quand il revint à soi, prit la fuite en courant de toutes ses forces ; en courant, il jeta le fourreau [3] du couteau de chasse et ensuite, se retournant vivement, il se trouva à trois pas de Giletti qui le poursuivait. Giletti était lancé, Fabrice lui porta un coup de pointe, Giletti avec son épée eut le temps de relever un peu le couteau de chasse, mais il reçut le coup de pointe en plein dans la joue gauche. Il passa tout près de Fabrice qui se sentit percer la cuisse, c'était le couteau de Giletti que celui-ci avait eu le temps d'ouvrir. Fabrice fit un saut à droite ; il se retourna, et enfin les deux adversaires se trouvèrent à une juste distance de combat. Giletti jurait comme un damné.

« Ah ! je vais te couper la gorge, gredin de prêtre », répétait-il à chaque instant.

Fabrice était tout essoufflé et ne pouvait parler ; le coup de pommeau d'épée dans la figure le faisait beaucoup souffrir, et son nez saignait abondamment, il para [4] plusieurs coups avec son couteau de chasse et porta plusieurs bottes [5] sans trop savoir ce qu'il faisait ; il lui semblait vaguement être à un assaut public. Cette idée lui avait été suggérée par la présence de ses ouvriers qui, au nombre de vingt-cinq ou trente, formaient cercle autour des combattants, mais à distance fort respectueuse ; car on voyait ceux-ci courir à tout moment et s'élancer l'un sur l'autre.

Le combat semblait se ralentir un peu ; les coups ne se suivaient plus avec la même rapidité lorsque Fabrice se dit : à la douleur que je ressens au visage, il faut qu'il m'ait défiguré. Saisi de rage à cette

---

1. ***Pouces*** : voir note 1, p. 12.
2. ***Le pommeau*** : la poignée.
3. ***Le fourreau*** : l'étui.
4. ***Para*** : esquiva.
5. ***Bottes*** : coups d'épée (terme d'escrime).

idée, il sauta sur son ennemi la pointe du couteau de chasse en avant. Cette pointe entra dans le côté droit de la poitrine de Giletti et sortit vers l'épaule gauche ; au même instant l'épée de Giletti pénétrait de toute sa longueur dans le haut du bras de Fabrice, mais l'épée glissa sous la peau, et ce fut une blessure insignifiante.

Giletti était tombé ; au moment où Fabrice s'avançait vers lui, regardant sa main gauche qui tenait un couteau, cette main s'ouvrait machinalement et laissait échapper son arme.

Le gredin est mort, se dit Fabrice. Il le regarda au visage, Giletti rendait beaucoup de sang par la bouche. Fabrice courut à la voiture [1].

« Avez-vous un miroir ? », cria-t-il à Marietta.

Stendhal, *La Chartreuse de Parme*, GF-Flammarion, 2000, livre premier, chapitre XI, p. 267-269.

Alexandre Dumas, *Les Trois Mousquetaires* (1844)

Les Trois Mousquetaires est le plus célèbre des romans d'Alexandre Dumas (1802-1870). Il raconte les aventures d'un Gascon [2] de dix-huit ans, d'Artagnan, venu à Paris pour faire carrière dans le corps des mousquetaires (des cavaliers qui appartiennent à la garde rapprochée du roi Louis XIII). Arrivé chez leur chef, M. de Tréville, d'Artagnan rencontre sur place deux d'entre eux. M. de Tréville se méfie du jeune Gascon mais lui offre tout de même sa chance. Sur le chemin du retour, d'Artagnan doit faire face à deux duels : l'un avec Athos, l'autre avec Porthos. Il est sûr d'être tué, mais Athos apprécie le courage du jeune homme. Dans l'extrait ci-après, on assiste à un combat entre les gardes du cardinal Richelieu et les mousquetaires.

1. ***Voiture*** : voir note 1, p. 53.
2. ***Gascon*** : personne originaire de Gascogne (ancienne région située en Nouvelle-Aquitaine).

D'Artagnan, qui n'est pas encore officiellement mousquetaire, choisit de se battre à leur côté.

[Un pour tous, tous pour un]

« Comment vous appelle-t-on, mon brave ? dit Athos.

– D'Artagnan, monsieur.

– Eh bien ! Athos, Porthos, Aramis et d'Artagnan, en avant ! cria Athos.

– Eh bien ! Voyons, messieurs, vous décidez-vous à vous décider ? cria pour la troisième fois Jussac.

– C'est fait, monsieur, dit Athos.

– Et quel parti prenez-vous ? demanda Jussac.

– Nous allons avoir l'honneur de vous charger [1], répondit Aramis en levant son chapeau d'une main et tirant son épée de l'autre.

– Ah ! vous résistez, s'écria Jussac.

– Sangdieu [2] ! cela vous étonne ? » dit Porthos.

Et les neuf combattants se précipitèrent les uns sur les autres avec une furie qui n'excluait pas une certaine méthode.

Athos prit un certain Cahusac, favori du cardinal ; Porthos eut Biscarat, et Aramis se vit en face de deux adversaires.

Quant à d'Artagnan, il se trouva lancé contre Jussac lui-même.

Le cœur du jeune Gascon battait à lui briser la poitrine, non pas de peur, Dieu merci, il n'en avait pas l'ombre, mais d'émulation [3] ; il se battait comme un tigre en fureur, tournant dix fois autour de son adversaire, changeant vingt fois ses gardes [4] et son terrain. Jussac était, comme on le disait alors, friand de la lame et avait fort pratiqué ; cependant il avait toutes les peines du monde à se défendre contre un adversaire qui, agile et bondissant, s'écartait à tout moment des règles

1. ***Charger*** : attaquer.
2. ***Sangdieu*** : juron (« Par le sang de Dieu »).
3. ***Émulation*** : zèle ; souci de faire aussi bien que ses modèles.
4. ***Gardes*** : manières de tenir l'épée pour se défendre.

reçues, attaquant de tous côtés à la fois, et tout cela en parant en homme qui a le plus grand respect pour son épiderme[1].

Enfin cette lutte finit par faire perdre patience à Jussac. Furieux d'être tenu en échec par celui qu'il regardait comme un enfant, il s'échauffa et commença à faire des fautes. D'Artagnan, qui, à défaut de la pratique, avait une profonde théorie, redoubla d'agilité. Jussac, voulant en finir, porta un coup terrible à son adversaire en se fendant[2] à fond ; mais celui-ci para prime[3], et tandis que Jussac se relevait, se glissant comme un serpent sous son fer, il lui passa son épée au travers du corps. Jussac tomba comme une masse.

D'Artagnan jeta alors un coup d'œil inquiet et rapide sur le champ de bataille.

Aramis avait déjà tué un de ses adversaires ; mais l'autre le pressait[4] vivement. Cependant Aramis était en bonne situation et pouvait encore se défendre.

Biscarat et Porthos venaient de faire coups fourrés[5] : Porthos avait reçu un coup d'épée au travers du bras, et Biscarat au travers de la cuisse. Mais comme ni l'une ni l'autre des deux blessures n'était grave, ils ne s'en escrimaient qu'avec plus d'acharnement.

Athos, blessé de nouveau par Cahusac, pâlissait à vue d'œil, mais il ne reculait pas d'une semelle : il avait seulement changé son épée de main, et se battait de la main gauche.

D'Artagnan, selon les lois du duel de cette époque, pouvait secourir quelqu'un ; pendant qu'il cherchait du regard celui de ses compagnons qui avait besoin de son aide, il surprit un coup d'œil d'Athos. Ce coup d'œil était d'une éloquence sublime. Athos serait mort plutôt que d'appeler au secours ; mais il pouvait regarder, et du regard demander un appui. D'Artagnan le devina, fit un bond terrible et tomba sur le flanc de Cahusac en criant :

---

1. ***Son épiderme*** : sa peau.

2. ***Se fendant*** : la fente est une figure d'escrime qui consiste à porter la jambe droite en avant en laissant le pied gauche derrière.

3. ***Prime*** : rapidement, avec agilité.

4. ***Pressait*** : ici, poussait dans ses retranchements.

5. ***Coups fourrés*** : coups que portent deux adversaires en même temps.

« À moi, monsieur le garde, ou je vous tue. »

Cahusac se retourna ; il était temps. Athos, que son extrême courage soutenait seul, tomba sur un genou.

« Sangdieu ! criait-il à d'Artagnan, ne le tuez pas, jeune homme, je vous en prie ; j'ai une vieille affaire à terminer avec lui, quand je serai guéri et bien portant. Désarmez-le seulement, liez-lui l'épée. C'est cela. Bien ! très-bien ! »

Cette exclamation était arrachée à Athos par l'épée de Cahusac qui sautait à vingt pas de lui. D'Artagnan et Cahusac s'élancèrent ensemble, l'un pour la ressaisir, l'autre pour s'en emparer ; mais d'Artagnan, plus leste, arriva le premier et mit le pied dessus.

Cahusac courut à celui des gardes qu'avait tué Aramis, s'empara de sa rapière [1], et voulut revenir à d'Artagnan ; mais sur son chemin il rencontra Athos, qui, pendant cette pause d'un instant que lui avait procurée d'Artagnan, avait repris haleine, et qui, de crainte que d'Artagnan ne lui tuât son ennemi, voulait recommencer le combat.

D'Artagnan comprit que ce serait désobliger Athos que de ne pas le laisser faire. En effet, quelques secondes après, Cahusac tomba la gorge traversée d'un coup d'épée.

Au même instant, Aramis appuyait son épée contre la poitrine de son adversaire renversé, et le forçait à demander merci [2].

Restaient Porthos et Biscarat. Porthos faisait mille fanfaronnades [3], demandant à Biscarat quelle heure il pouvait bien être, et lui faisait ses compliments sur la compagnie que venait d'obtenir son frère dans le régiment de Navarre ; mais tout en raillant, il ne gagnait rien. Biscarat était un de ces hommes de fer qui ne tombent que morts.

Cependant il fallait en finir. Le guet [4] pouvait arriver et prendre tous les combattants, blessés ou non, royalistes ou cardinalistes [5].

---

1. ***Sa rapière*** : son épée.
2. ***Demander merci*** : demander grâce.
3. ***Fanfaronnades*** : vantardises.
4. ***Le guet*** : la patrouille chargée de surveiller la ville pour y veiller au bon ordre, les duels étant interdits.
5. ***Royalistes ou cardinalistes*** : les royalistes sont les partisans du roi Louis XIII, tandis que les cardinalistes soutiennent le cardinal Richelieu, son Premier ministre.

Athos, Aramis et d'Artagnan entourèrent Biscarat et le sommèrent[1] de se rendre. Quoique seul contre tous, et avec un coup d'épée qui lui traversait la cuisse, Biscarat voulait tenir ; mais Jussac, qui s'était élevé sur son coude, lui cria de se rendre. Biscarat était un Gascon comme d'Artagnan ; il fit la sourde oreille et se contenta de rire, et entre deux parades[2], trouvant le temps de désigner, du bout de son épée, une place à terre :

« Ici, dit-il, parodiant un verset de la Bible, ici mourra Biscarat, seul de ceux qui sont avec lui.

– Mais ils sont quatre contre toi ; finis-en, je te l'ordonne.

– Ah ! si tu l'ordonnes, c'est autre chose, dit Biscarat ; comme tu es mon brigadier, je dois obéir. »

Et, faisant un bond en arrière, il cassa son épée sur son genou pour ne pas la rendre, en jeta les morceaux par-dessus le mur du couvent, et se croisa les bras en sifflant un air cardinaliste.

La bravoure est toujours respectée, même dans un ennemi. Les mousquetaires saluèrent Biscarat de leurs épées et les remirent au fourreau.

Alexandre Dumas, *Les Trois Mousquetaires*, GF-Flammarion, 2013, chapitre V, p. 90-93.

Guy de Maupassant, *Bel-Ami* (1885)

Bel-Ami est le deuxième roman publié par Maupassant[3]. Il retrace l'ascension sociale du beau Georges Duroy, surnommé « Bel-Ami », qui, parti de rien, acquiert une reconnaissance publique, notamment grâce aux femmes qu'il fréquente. Devenu rédacteur au sein du journal *La Vie française* dont il dirige les échos[4], Duroy est

1. ***Le sommèrent*** : lui ordonnèrent.
2. ***Parades*** : esquives.
3. Voir l'extrait d'*Une vie*, son premier roman, reproduit p. 138-140.
4. ***Les échos*** : la rubrique qui concerne la vie politique et mondaine, rédigée dans un style anecdotique et piquant.

contraint par Walter, le directeur, de « défendre l'honneur » du journal à la suite d'accusations diffamatoires lancées par un concurrent.

[Pour l'honneur]

Duroy les vit se saluer avec cérémonie, puis marcher ensemble dans la clairière en regardant tantôt par terre et tantôt dans les arbres, comme s'ils avaient cherché quelque chose qui aurait pu tomber ou s'envoler. Puis ils comptèrent des pas et enfoncèrent avec grand-peine deux cannes dans le sol gelé. Ils se réunirent ensuite en groupe et ils firent les mouvements du jeu de pile ou face, comme des enfants qui s'amusent.

Le docteur Le Brument demandait à Duroy :

« Vous vous sentez bien ? Vous n'avez besoin de rien ?

– Non, de rien, merci. »

Il lui semblait qu'il était fou, qu'il dormait, qu'il rêvait, que quelque chose de surnaturel était survenu qui l'enveloppait.

Avait-il peur ? Peut-être ? Mais il ne savait pas. Tout était changé autour de lui.

Jacques Rival revint et lui annonça tout bas avec satisfaction : « Tout est prêt. La chance nous a favorisés pour les pistolets. »

Voilà une chose qui était indifférente à Duroy.

On lui ôta son pardessus [1]. Il se laissa faire. On tâta les poches de sa redingote [2] pour s'assurer qu'il ne portait point de papiers ni de portefeuille protecteur.

Il répétait en lui-même, comme une prière : « Quand on commandera feu, j'élèverai le bras. »

Puis on l'amena jusqu'à une des cannes piquées en terre et on lui remit son pistolet. Alors il aperçut un homme debout, en face de lui, tout près, un petit homme ventru, chauve, qui portait des lunettes. C'était son adversaire.

Il le vit très bien, mais il ne pensait à rien qu'à ceci : « Quand on commandera feu, j'élèverai le bras et je tirerai. » Une voix résonna

---

1. ***Pardessus*** : manteau.
2. ***Redingote*** : sorte de longue veste.

dans le grand silence de l'espace, une voix qui semblait venir de très loin, et elle demanda :

« Êtes-vous prêts, messieurs ? »

Georges cria : « Oui ! »

Alors la même voix ordonna : « Feu… »

Il n'écouta rien de plus, il ne s'aperçut de rien, il ne se rendit compte de rien, il sentit seulement qu'il levait le bras en appuyant de toute sa force sur la gâchette.

Et il n'entendit rien.

Mais il vit aussitôt un peu de fumée au bout du canon de son pistolet ; et comme l'homme en face de lui demeurait toujours debout, dans la même posture également, il aperçut aussi un autre petit nuage blanc qui s'envolait au-dessus de la tête de son adversaire.

Ils avaient tiré tous les deux. C'était fini.

Ses témoins et le médecin le touchaient, le palpaient, déboutonnaient ses vêtements en demandant avec anxiété : « Vous n'êtes pas blessé ? » Il répondit au hasard : « Non, je ne crois pas. »

Langremont d'ailleurs demeurait aussi intact que son ennemi, et Jacques Rival murmura d'un ton mécontent : « Avec ce sacré pistolet c'est toujours comme ça, on se rate ou on se tue. Quel sale instrument ! »

Duroy ne bougeait point, paralysé de surprise et de joie : « C'était fini ! » Il fallut lui enlever son arme qu'il tenait toujours serrée dans sa main. Il lui semblait maintenant qu'il se serait battu contre l'univers entier. C'était fini. Quel bonheur ! il se sentait brave tout à coup à provoquer n'importe qui.

Tous les témoins causèrent quelques minutes, prenant rendez-vous dans le jour pour la rédaction du procès-verbal, puis on remonta dans la voiture [1] ; et le cocher, qui riait sur son siège, repartit en faisant claquer son fouet.

Ils déjeunèrent tous les quatre sur le boulevard, en causant de l'événement. Duroy disait ses impressions : « Ça ne m'a rien fait, absolument rien. Vous avez dû le voir du reste ? »

---

1. ***Voiture*** : voir note 1, p. 53.

Rival répondit : « Oui, vous vous êtes bien tenu. »

Quand le procès-verbal fut rédigé, on le présenta à Duroy qui devait l'insérer dans les échos. Il s'étonna de voir qu'il avait échangé deux balles avec M. Louis Langremont, et, un peu inquiet, il interrogea Rival : « Mais nous n'avons tiré qu'une balle. »

L'autre sourit : « Oui, une balle... une balle chacun... ça fait deux balles. »

Et Duroy, trouvant l'explication satisfaisante, n'insista pas. Le père Walter l'embrassa : « Bravo, bravo, vous avez défendu le drapeau de *La Vie française*, bravo ! »

Guy de Maupassant, *Bel-Ami*, Flammarion, coll. « Étonnants Classiques », 2013, première partie, chapitre VII, p. 202-204.

Questionnaire de lecture

1. Quels sont les personnages qui font preuve de courage au cours de ces duels ? Lesquels, au contraire, montrent peu d'entrain à défendre leur honneur ?

2. Observez quels sont les différents « adversaires » à combattre. Sont-ils, dans tous les extraits, de même stature ? Quel est l'effet produit, selon les situations ?

3. En quoi la réplique finale de Fabrice del Dongo (p. 144) donne-t-elle une image ridicule du personnage ?

4. Pourquoi les mousquetaires, dans l'extrait de Dumas, respectent-ils Biscarat et lui laissent-ils la vie sauve ?

5. Relevez les différents éléments qui, dans ces extraits, rendent les récits de duels réalistes.

La condition des femmes aujourd'hui

(éducation aux médias et à l'information)

Pour nourrir les exercices d'écriture suivants, effectuez des recherches sur les droits des femmes en France en répondant aux questions ci-dessous.

L'héritage d'Olympe de Gouges

Rendez-vous sur le site **www.ldh-france.org** (site de la Ligue des droits de l'homme) et tapez dans la barre de recherche : « Olympe de Gouges ». Faites défiler les articles jusqu'à celui intitulé « 1791 : Déclaration des droits de la femme et de la citoyenne », puis cliquez sur le lien, lisez l'introduction et les articles 1, 10 et 13.

1. Quels droits Olympe de Gouges revendique-t-elle pour les femmes dans ces trois articles ?

2. En quoi peut-on dire qu'elle défend une stricte égalité entre les sexes ?

3. Tapez à présent « 1789 » dans la barre de recherche du site, puis cliquez sur l'article « 1789 : La Déclaration des droits de l'homme et du citoyen ». Lisez les articles 1, 10 et 13. Que constatez-vous ? Pourquoi, selon vous, Olympe de Gouges s'est-elle inspirée de ce texte ?

Une lutte historique

Rendez-vous à présent sur le site **www.infofemmes.com**. Allez dans la rubrique « Se documenter », cliquez sur le lien « Historique du droit des femmes », puis répondez aux questions suivantes.

1. En quelle année les femmes ont-elles obtenu le droit de vote ?

2. À partir de quand les femmes mariées ont-elles pu exercer une profession sans obtenir l'accord préalable de leur époux ?

3. En 1970, l'« autorité parentale » remplace la « puissance paternelle ». Quelle différence observez-vous entre les deux expressions ?

4. Citez le nom de deux femmes ayant obtenu, pour la première fois, des distinctions ou des postes jusqu'alors réservés aux hommes.

À vos plumes !

Une nouvelle Déclaration des droits de la femme

À votre tour, rédigez une série de trois articles, sur le modèle de la Déclaration des droits de la femme et de la citoyenne d'Olympe de Gouges, qui dénoncent les inégalités qui subsistent entre les hommes et les femmes aujourd'hui, dans les domaines professionnel, familial ou politique. Vous pourrez chercher des arguments en vous rendant sur le site **www.inegalites.fr** et en cliquant sur la rubrique « Hommes et femmes ».

Scène de la vie conjugale

Par groupe de trois ou quatre, relisez l'extrait d'*Indiana* de George Sand (voir p. 132-135), puis rédigez une courte nouvelle dans laquelle une femme est confrontée à un mari qui se croit supérieur à elle. Votre texte sera rédigé selon le point de vue de la femme (narrateur intérieur à l'histoire) et comportera des dialogues et un passage d'introspection qui fera part des pensées de la jeune femme. Le contexte sera actuel. Vous choisirez le système de temps du présent.

Histoire des arts

Au XIXe siècle, l'esthétique réaliste est portée par la littérature mais aussi par la peinture. S'attachant à représenter la réalité telle qu'elle est et non telle qu'elle devrait être, le réalisme dans les arts a souvent été décrié pour le manque de place accordé à l'imaginaire, au rêve et aux émotions. Pour autant, le réalisme était un mouvement révolutionnaire à une époque où les conventions sociales et artistiques étaient très strictes. Comment le réalisme se traduit-il en peinture ? Quels échos peut-on trouver dans la photographie des XXe et XXIe siècles ?
Observez les images reproduites p. 1-5 du cahier photos, puis répondez aux questions suivantes.

Scènes de bal au XIXe siècle

1. Dans le tableau d'Édouard Manet (p. 1 du cahier photos), quelle est la couleur dominante ?

2. Quels sont les éléments qui contrastent avec cette couleur ?

3. Quelle différence principale pouvez-vous relever entre ce tableau et celui d'Hippolyte Michaud (p. 2 du cahier photos) ?

4. Quelle(s) expression(s) peut-on lire sur le visage des jeunes filles dans le tableau de Michaud ?

5. Imaginez en quelques phrases ce qu'il vient de se passer et explique le mouvement des jeunes filles.

6. Le tableau de Jean Léon Gérôme diffère des deux œuvres précédentes. Analysez ce tableau en délimitant les plans [1] ainsi qu'en étudiant les couleurs et la lumière.

---

1. ***Plans*** : différentes parties d'un tableau, d'une photographie, relatives à sa profondeur, à l'éloignement des éléments par rapport au regard du spectateur. On parle de premier plan pour les éléments qui se situent au-devant de

Le réalisme en peinture et en photographie : portraits de femmes

1. Décrivez les positions et le regard des femmes sur ces portraits, et expliquez ce que ces choix nous apprennent du caractère des modèles.

2. En quoi le choix des vêtements et des accessoires apporte-t-il lui aussi des informations ?

3. Quels points communs pouvez-vous trouver entre ces portraits et leur titre ? Quelles constatations pouvez-vous faire ?

Un livre, un film

Bright Star de Jane Campion (Australie-Royaume-Uni, 2009)

Réalisé par Jane Campion en 2009, le film *Bright Star* relate la rencontre entre le poète romantique John Keats, alors âgé de vingt-trois ans, et Fanny Brawne, une jeune fille de dix-huit ans libre et effrontée. Le titre vient d'un poème de John Keats, dont la première phrase est « Bright star, would I were steadfast as thou art [1] ».
Le spectateur suit les dernières années de la vie de John Keats, de sa rencontre avec Fanny en 1818 à sa mort, de la tuberculose, en 1821. Les deux jeunes gens n'étaient pourtant pas voués à bien s'entendre. Au début du film, Fanny semble superficielle et insolente, alors que Keats est pétri de doutes. Pourtant, la passion

---

la scène, de second plan pour les éléments plus lointains, d'arrière-plan pour ce qui se passe tout au fond de la scène.

1. « Astre Brillant ! puissé-je [être] immobile comme tu l'es » (John Keats, *Poèmes et poésies*, trad. Paul Gallimard, Gallimard, 1996).

s'immisce dans leurs rapports ; Fanny et John se rapprochent au moment de la mort de Tom, le jeune frère de Keats, et ils entament dès lors une belle histoire d'amour, platonique[1] mais sincère.

Au-delà du charme de l'histoire d'amour racontée, le film éblouit par la beauté de ses images : détails d'une couture, beauté d'un champ de fleurs, velouté d'une peau. Par ailleurs, c'est moins la figure du poète romantique (devenu célèbre depuis) que l'on suit ici, que le parcours d'une jeune fille libre et volontaire, qui ne se laisse dicter son destin par personne, et qui fait preuve, malgré les tourments amoureux dans lesquels elle est jetée, d'une grande force physique et intellectuelle.

On retrouve dans ce film des thèmes présents dans les nouvelles de Dumas : la domination masculine dans la société, des portraits de femmes dans un siècle de bouleversements, des scènes de bal et de rivalités entre hommes, autant de *leitmotive*[2] romanesques qui traversent les arts et les époques.

Analyse d'ensemble : un film féministe ?

1. Observez la répartition des tâches entre hommes et femmes dans le film. Quelles constatations pouvez-vous faire ?

2. John Keats et Charles Brown sont deux figures de poète dans le film. Notez toutes les différences que vous pouvez faire entre eux, en particulier dans leur rapport à Fanny Brawne.

3. En quoi peut-on dire que la couture de Fanny pourrait être comparée à la poésie de Keats ?

4. Dressez le portrait moral de Fanny Brawne, puis celui de John Keats, et expliquez leur attirance mutuelle malgré leur différence.

---

1. ***Platonique*** : se dit d'un amour chaste, qui n'est pas charnel.
2. ***Leitmotive*** : (terme allemand) thèmes caractéristiques et récurrents (qui reviennent).

■ Affiche du film *Bright Star*, de Jane Campion (2009).

Analyse de séquence : Mr Keats (de 00.02.31 à 00.11.31)

La scène d'ouverture du film, qui suit le générique, permet de présenter Fanny Brawne, Brown ainsi que John Keats.

1. Où et quand cette histoire prend-elle place ?

2. Analysez le costume de Fanny lorsqu'elle apparaît à l'écran.

3. En quoi cette ouverture permet-elle d'introduire le thème de la création ?

4. Fanny affirme son indépendance face à Brown. Comment ?

5. À l'inverse, Brown est passablement misogyne[1]. Relevez les passages ou les répliques qui permettent de brosser un tel portrait.

6. Les scènes de bal sont un *leitmotiv* du cinéma. Comment l'atmosphère du bal est-elle rendue dans cette séquence ?

7. En quoi peut-on dire que la délicatesse liée au travail de couture de Fanny se retrouve dans la réalisation de Jane Campion ?

---

1. ***Misogyne*** : qui éprouve du mépris ou de la haine envers les femmes.

Cet ouvrage a été mis en page par

<pixellence>

N° d'édition : L.01EHRN00525.N001
Dépôt légal : avril 2017
Imprimé en Espagne par Novoprint (Barcelone)